文春文庫

紙風船

新・秋山久蔵御用控（九）

藤井邦夫

文藝春秋

目次

おもな登場人物

秋山久蔵　南町奉行所吟味方与力。〝剃刀久蔵〟と称され、悪人たちに恐れられている。心形刀流の遣い手。普段は温和な人物だが、悪党に対しては情け無用の冷酷さを秘めている。

神崎和馬　南町奉行所定町廻り同心。久蔵の部下。

香織　久蔵の後添え。亡き先妻・雪乃の腹違いの妹。

大助　久蔵の嫡男。元服前で学問所に通う。

小春　久蔵の長女。

与平　親の代からの秋山家の奉公人。女房のお福を亡くし、いまは隠居。

太市　秋山家の奉公人。おふみを嫁にもらう。

おふみ　秋山家の女中。ある事件に巻き込まれた後、九年前から秋山家に奉公するようになる。

幸吉　〝柳橋の親分〟と呼ばれた弥平次の跡を継ぎ、久蔵から手札をもらう岡っ引。

お糸　隠居した弥平次の養女で、幸吉を婿に迎えて船宿『笹舟』の女将となった。息子は平次。

弥平次　女房のおまきとともに、向島の隠居家に暮らす。

勇次　元船頭の下っ引。

雲海坊　幸吉の古くからの朋輩で、手先として働く托鉢坊主。ほかの仲間に、しゃぼん玉売りの由松、蕎麦職人見習いの清吉、風車売りの新八がいる。

長八　弥平次のかつての手先。いまは蕎麦屋『藪十』を営む。

この作品は「文春文庫」のために書き下ろされたものです。

紙風船

新・秋山久蔵御用控（九）

第一話

不始末屋

一

八丁堀岡崎町に南町奉行所吟味方与力《ぎんみがたよりき》の秋山久蔵《あきやまきゅうぞう》の屋敷はあった。

朝。

秋山家嫡男の大助《だいすけ》は、書籍と握り飯を包んだ風呂敷を腰に結び、妹の小春《こはる》に見送られて慌ただしく式台に下りた。

「もう少し早く起きていれば、このように慌てなくても良いものを……」

小春は眉をひそめた。

「小春。お前、母上に良く似てきたな……」

大助は、感心したように小春の顔を覗《のぞ》いた。

「兄上……」

小春は眉を逆立てた。

「行って来る……」

大助は、慌てて式台を出た。


式台から表門迄の前庭では、老下男の与平《よへい》が縁台に腰掛けて朝陽を浴びていた。

「与平の爺ちゃん……」

「こりゃあ、大助さま……」

与平は、眼を細めて立ち上がろうとした。

「良いから、良いから……」

大助は、立ち上がろうとした与平を縁台に腰掛けさせた。

「じゃあ、学問所に行って来ます」

大助は、与平に笑い掛けて開け放たれている表門に走った。

「行ってらっしゃいませ……」

与平は、深々と頭を下げて見送った。

大助は、開け放たれた表門を駆け出した。

表門の前では、太市《たいち》が掃除をしていた。

「行って来ます。太市さん……」

大助は、掃除をする太市の脇を駆け抜けた。

「ああ。お気を付けて……」

太市は、猛然と駆け去って行く大助を見送った。

今日もいつも通りの朝だ……。

太市は苦笑した。

「お前さん、旦那さまがお呼びですよ」

女房のおふみが報《しら》せに来た。

「おう……」

太市は、おふみと屋敷内に戻った。

久蔵は、香織《かおり》の介添えで着替えを終えて茶を飲んでいた。

「旦那さま……」

太市がやって来た。

「おう。入ってくれ」

久蔵は、太市を座敷に招いた。

「はい……」

太市は座敷に入った。

「御用は……」

「うむ。今朝の出仕の供は良い。向島《むこうじま》に使いに行ってくれ」

久蔵は命じた。

「弥平次《やへいじ》の御隠居さまの処ですか……」

元岡っ引の柳橋《やなぎばし》の弥平次は、跡目を娘婿の幸吉《こうきち》に譲り、女房のおまきと向島の隠居所で暮らしていた。

「うむ。弥平次が欲しがっていた釣竿師東舟《とうしゅう》の継ぎ竿が手に入ってな」

久蔵は、竿袋から五本継ぎの竿を取り出して見せた。

「此が釣竿師東舟の継ぎ竿ですか……」

太市は、継ぎ竿を見詰めた。

「うむ。釣りに興味のない俺が見ても見事な物だと思うが、太市はどうだ……」

久蔵は尋ねた。

「はい。手前も良く分かりませんが、弥平次の御隠居さまは、きっとお喜びになられると思います」

「だったら良いがな」

久蔵は微笑《ほほえ》んだ。

「太市、面倒でしょうが、おまきさんに此を届けて下さいな」

香織が、風呂敷包みを持って来た。

「はい……」

「頂き物の鰹節と干し貝のお裾分けですってね……」

「心得ました」

太市は、東舟の継ぎ竿と鰹節と干し貝の包みを持って向島に向かった。

隅田川から吹き抜ける風は、向島の土手道に連なる桜並木の枝葉を揺らしていた。

太市は、隅田川に架かっている吾妻橋《あづまばし》を渡り、水戸藩江戸下屋敷の前を通って向島の土手道を進んだ。そして、桜餅で名高い長命寺《ちょうめいじ》の手前の小川沿いの田舎道に曲がった。

長命寺の土塀が終わると、背の高い生垣に囲まれた家がある。

元岡っ引の柳橋の弥平次と船宿『笹舟《ささぶね》』の元女将《おかみ》おまき夫婦の隠居所だ。

太市は、垣根の木戸門を叩いて声を掛けた。

「はあい……」

母屋の勝手口から返事がし、小女のおたまが顔を出した。

「やあ、おたまちゃん……」

「あ、太市さん……」

おたまが横手の勝手口から現れ、木戸門に駆け寄って開けた。

「いらっしゃいませ」

「御隠居さまと女将さん、おいでになりますか……」

「はい。どうぞ……」

おたまは、太市を母屋に誘《いざな》った。

「東舟の五本継ぎ竿か……」

弥平次は、継ぎ竿を眺めて嬉しげに顔を綻《ほころ》ばせた。

「良かったですね、お前さん。どうぞ……」

おまきは微笑み、太市に茶を差し出した。

「ありがとうございます」

太市は礼を述べた。

「秋山さま、こんな年寄りをいつ迄も気に掛けてくれて、ありがてえ話だ」

弥平次は喜んだ。

「本当ですねえ。奥さまもお気遣い下さって。太市、皆さんにお変わりはないんだね」

太市は、秋山家に奉公する前、船宿『笹舟』にいた。

「はい。大助さまも小春さまも……」

「与平さんやおふみちゃんもかい……」

「ええ。お陰さまで達者にしております」

「そりゃあ良かった……」

おまきは頷《うなず》いた。

「おまき、太市、見事なもんだろう」

弥平次は、五本の継ぎ竿を繋いでみせた。

継ぎ竿は美しく、見事な撓《しな》り具合だった。

おまきと太市は感心した。

弥平次は、嬉しげに繋いだ継ぎ竿を眺めた。

「御隠居さま……」

おたまがやって来た。

「なんだい……」

「光泉寺《こうせんじ》の万造《まんぞう》さんがおみえです」

「万造さんが……」

万造は、近くにある光泉寺の寺男だった。

「はい。ちょいと来て欲しいと……」

おたまは、不安げな面持ちで告げた。

向島の光泉寺は、弥平次の隠居所から遠くはなかった。

弥平次と太市は、寺男の万造に誘われて光泉寺に急いだ。

光泉寺に参拝客はいなく、手入れのされた境内《けいだい》は静寂に満ちていた。

「こっちです……」

万造は境内を抜け、弥平次と太市を光泉寺の庫裏《くり》に誘った。

庫裏の奥の小部屋には、頭に晒《さら》しを巻いた初老の男が眠っていた。

「本堂の縁の下で、頭から血を流して気を失っていましてね。和尚さまが頭の傷を手当てされて。時々、眼を覚ましては眠り続けているんですよ」

万造は小声で告げた。

光泉寺住職の道庵《どうあん》は医術の心得があり、その辺の町医者より腕は確かだった。

「そうかい。で、名前や身許《みもと》は……」

弥平次は尋ねた。

「それが、眼を醒ました時、訊いたのですが、分からないと……」

万造は、困惑を浮かべた。

「分からない……」

弥平次は眉をひそめた。

「はい……」

「自分の名前や何処《どこ》の誰か、分からないってんですか……」

太市は、戸惑いを浮かべた。

「はい。それで和尚さまが、弥平次の親分さんに来て貰えと仰《おつしや》いまして……」

万造は告げた。

光泉寺住職の道庵と寺男の万造は、隠居の弥平次が元は腕利きの岡っ引だったと知っていた。

「御隠居、自分の名前や身許が分からないなんて事、あるんですか……」

太市は眉をひそめた。

「うむ。頭の打ち処が悪かったり、心を酷く病んだ時、自分が何処の誰か忘れて仕舞う事があってな。昔、そんな奴を見た事があるよ」

弥平次は告げた。

「そうなんですか……」

「うん。で、万造さん、此の人の持ち物は……」

弥平次は尋ねた。

「一纏《ひとまと》めにして置きました……」

万造は、風呂敷包みを差し出した。

「太市……」

「はい……」

太市は、風呂敷包みを開けた。風呂敷包みの中には、財布、煙草《たばこ》入れ、手拭《てぬぐい》などが入っていた。

太市は、財布の中や煙草入れ、手拭などを検《あらた》めた。名前や身許を教える物は何もなかった。

財布の中には一両三分の金が入っていたが、名前や身許の分かる物は……」

「此と云ってありませんね。名前や身許の分かる物は……」

「そうか……」

「どうかな弥平次さん……」

光泉寺住職の道庵がやって来た。

囲炉裏《いろり》に掛けられた鉄瓶からは、湯気が揺れながら立ち昇った。

弥平次と太市は、囲炉裏端で道庵や万造と茶を飲んだ。

「そうですか。分かりませんか……」

「ええ。今の処は……」

「財布には一両三分が入っていました。お店《たな》の旦那か、何《いず》れにしろお金には困っていない人ですね」

太市は読んだ。

「うむ……」

弥平次は頷いた。

「ま、頭の傷は殴られたものか、転んで打って出来たものか、良く分からないが。血の乾き具合から見て昨夜出来た傷だと思うが……」

道庵は読んだ。

「そうですか……」

「うむ。して弥平次さん、どうしたものかな」

道庵は眉をひそめた。

「やはり、名前と身許ですか……」

「しかし……」

「御懸念には及びません。名や身許を突き止める手立てはありますよ」

弥平次は笑った。

「じゃあ……」

「ええ。任せて下さい。太市、帰りに笹舟に寄っちゃあくれないか……」

「はい……」

太市は頷いた。

柳橋の船宿『笹舟』は、暖簾《のれん》を微風に揺らしていた。

岡っ引の柳橋の幸吉は、煙草入れと煙管《きせる》を検めた。

「煙草入れは印伝革、留金は虎の絵柄。煙管の雁首《がんくび》と吸口は銀で竜の模様か……」

幸吉は、煙草入れと煙管を読んだ。

「はい。御隠居さまは、おそらく誂《あつら》え物だろうから、煙草入れを作った袋物職人と煙管を作った職人を割り出し、注文主を突き止めてくれとの言付けです」

太市は告げた。

「そうか、良く分かった。勇次《ゆうじ》、聞いた通りだ……」

幸吉は、勇次に命じた。

「はい……」

勇次は頷いた。

「それから、由松《よしまつ》を呼んでくれ」

「承知しました。じゃあ、あっしは新八《しんぱち》と清吉《せいきち》と煙草入れと煙管の出処を……」

「頼んだぜ」

「はい……」

勇次は、幸吉の居間から出て行った。

「いろいろ造作《ぞうさ》を掛けたな、太市……」

「いいえ。親分……」

太市は眉をひそめた。

「うん。自分が何処の誰か分からないお店の旦那風、何があるのか。此から由松を連れて向島に行ってみるぜ」

幸吉は、厳しさを滲《にじ》ませた。

「私も旦那さまにお報せします」

太市は告げた。


「そうか。弥平次、喜んでいたか……」

「はい。ありがたく戴きますと喜ばれ。呉々《くれぐれ》も宜しくと仰っていました」

「そいつは良かった」

「それで旦那さま……」

太市は、向島は光泉寺に己の名前と素性を忘れたお店の旦那風の男が保護された事、弥平次が幸吉に名前と素性を突き止めろと命じた事などを報せた。

「己の名も身許も分からぬ男か……」

久蔵が眉をひそめた。

「はい。歳の頃は五十前後、お店の旦那風でして、昨夜、頭に怪我をしたようです」

太市は報せた。

「頭の怪我は殴られたものか、転んだり、落ちたりしてのものか……」

「そいつは、御隠居も分からないそうです」

「そうか。して太市、弥平次は煙草入れと煙管を誂え物と睨《にら》み、幸吉に作った職人を割り出し、注文主を突き止めろと命じたか……」

「はい。それにしても旦那さま、頭を打って自分の名前や素性が分からなくなるなんてあるんでしょうか……」

太市は眉をひそめた。

「ああ。昔、頭を激しく打って己の名や素性を忘れてしまったが、人を斬る技だけは身体が覚えていた武士がいた」

「あるんですか……」

「うむ。御苦労だったな、太市……」

久蔵は太市を労《ねぎら》った。

下っ引の勇次は、新八や清吉と煙草入れと煙管を作った職人捜しを始めた。

「さあて、此の印伝革と虎の絵柄の留金、手前共の店で扱ったものではございませんね」

袋物屋の番頭は、煙草入れを手にして首を捻《ひね》った。

「作った職人も分かりませんかね……」

勇次は尋ねた。

「ええ。丁寧な良い仕事で、かなりの腕の職人さんですが、何処の誰か迄は……」

「分かりませんか……」

「ええ……」

「そうですか……」

勇次は、礼を云って次の袋物屋に向かった。

新八と清吉は、竜の絵柄の刻まれた銀の雁首と吸口の煙管を持って煙管屋を尋ね歩いた。だが、竜の絵柄の刻まれた銀の雁首と吸口の煙管の出処は容易に分からなかった。

新八と清吉は、粘り強く煙管屋を歩いた。


光泉寺の庭には木洩れ日が煌《きら》めいていた。

お店の旦那風の初老の男は、ぼんやりと庭の木洩れ日を眺めていた。

「やっぱり、名前と素性、思い出しませんかい……」

弥平次は眉をひそめた。

「ええ。何も思い出さないそうだ……」

光泉寺住職の道庵は頷いた。

「幸吉、由松、見ての通りだ」

弥平次は、庭の木洩れ日を眺めている初老の男を見ている幸吉と由松に告げた。

「はい。で、頭から血を流して本堂の縁の下で気を失っていたんですね……」

幸吉は、道庵に尋ねた。

「うむ。今朝、寺男の万造が見付けてね」

道庵は頷いた。

「そうですか……」

「誰かに頭を殴られ、光泉寺の本堂の縁の下に逃げ込み、気を失ったって処ですか……」

由松は読んだ。

「かもしれないな……」

幸吉は頷いた。

「で、どうする……」

弥平次は、幸吉と由松の出方を窺《うかが》った。

「頭を殴られたとしたなら、おそらく此の光泉寺の近くでしょう。先《ま》ずは殴られた場所を探してみますか……」

由松は告げた。

「うん。そこに何か名前や素性の分かる物が残されているかもしれないな」

幸吉は、由松の睨みに頷いた。

「幸吉、由松、殴った奴がいるなら、逃げた此の人を捜しているかもな……」

弥平次は睨んだ。

「はい。その辺も調べてみますよ」

幸吉は頷いた。


隅田川には様々な船が行き交っていた。

初老の男が何者かに殴られたとしたら、逃げ込んだ光泉寺の近くだ。

幸吉と由松は、光泉寺近くの土手道に争った跡や血痕を探した。

「親分……」

由松は、土手道と斜面の草むらに押し潰された跡を見付けた。

「争った跡かな……」

幸吉は眉をひそめた。

「かもしれません……」

由松は、押し潰された草むらを辿って斜面を下りた。

斜面の下は河原であり、その向こうに隅田川が流れている。

由松は、河原を見廻して血の附着した拳大の石を見付けた。

「親分、どうやら此の石で殴ったようですね」

由松は、幸吉に血の附着した拳大の石を見せた。

「やっぱりな……」

幸吉と由松は、お店の旦那風の初老の男が拳大の石で殴られたと見定め、辺りに残された物がないか探した。

幸吉は、隅田川の流れの傍の草むらから血塗《ちまみ》れの匕首《あいくち》を見付けた。

「由松……」

幸吉は、厳しい声音で由松を呼んだ。

「何かありましたか……」

「ああ。血塗れの匕首だぜ……」

「匕首……」

由松は眉をひそめた。

隅田川の流れは煌めいた。

二

匕首に附着していた血は、乾き具合から見てやはり昨夜付いたと思えた。

「って事は何か、昨夜、石で頭を殴られたあの人の他に、匕首で刺された者がいるってのか……」

弥平次は、血塗れの匕首を見詰めた。

「はい。で、刺したのは……」

幸吉は、厳しさを滲ませた。

「あの人だと云うのか……」

弥平次は眉をひそめた。

「かもしれません……」

幸吉は頷いた。

「じゃあ、昨夜、あの人と誰かが土手で争い、あの人が誰かを匕首で刺し、誰かに石で頭を殴られた……」

弥平次は読んだ。

「はい。そして、匕首で刺された者は隅田川に落ち、石で頭を殴られたあの人は光泉寺に逃げ込んだ……」

「隅田川に落ちた……」

「ええ。あれ程、匕首を濡らした血なら、土手道にも滴《したた》り落ちている筈《はず》。ですが、土手道に血の滴った痕はない。となると……」

「隅田川に落ちたかい……」

弥平次は小さく笑った。

「はい。それとも仲間がいて血止めをして連れ去った。違いますかね」

「いや。俺もどちらかだと思うよ」

弥平次は頷いた。

「そいつは良かった」

幸吉は笑った。

「幸吉、ひょっとしたら、此の匕首が光泉寺にいる人に名前や素性を忘れさせているのかもしれないな」

弥平次は、血塗れの匕首を見て苦笑した。

「御隠居……」

「で、どうするんだい……」

「光泉寺の人に未だ何かが起こるかもしれません。今夜、見張ってみますよ」

幸吉は告げた。

隅田川に夕陽は映えた。

隅田川に屋根船の明かりが映えた。

光泉寺は山門を閉め、夜の闇と静けさに包まれていた。

お店の旦那風の初老の男は、庫裏の奥の暗い小部屋に敷かれた蒲団に横たわり、緊張した面持ちで闇を見詰めていた。

幸吉は、寺男の万造と囲炉裏端に座って警戒をしていた。

本堂の縁の下には、由松と雲海坊《うんかいぼう》が潜《ひそ》んでいた。

「由松、その旦那、本当に自分の名前や素性、忘れているのかな」

雲海坊は首を捻った。

「雲海坊の兄貴……」

「頭を打って自分の名や素性を忘れるなんて、滅多にあるもんじゃあない。その旦那、誰かを刺したとか後ろめたい事があって忘れたって惚《とぼ》けているんじゃあないのかな」

雲海坊は読んだ。

「そいつは、親分と御隠居も睨んでいますよ」

「そりゃあそうだな……」

雲海坊は苦笑した。

隅田川を行く船の櫓《ろ》の軋《きし》みが響いた。


刻《とき》が過ぎ、夜は更けた。

雲海坊は居眠りをし、由松は山門を見張っていた。

山門脇の土塀の上の闇が揺れ、人影が現れた。

何者かが土塀を乗り越えて侵入しようとしている……。

「雲海坊の兄貴……」

由松は、雲海坊を起こした。

「どうした」

雲海坊は眼を覚ました。

「来ましたよ」

由松は、土塀の上に潜んで光泉寺の本堂や庫裏を窺っている人影を示した。

雲海坊は、土塀の上の人影を見詰めた。

「じゃあ……」

由松は、本堂の縁の下の闇に素早く消え去った。

雲海坊は見送り、土塀の上の人影を見た。

土塀の上に現れた人影は、境内に変わった事がないのを見定めて跳び下りようとした。

「誰だ……」

雲海坊は怒鳴った。

土塀の上の人影は驚き、慌てて土塀の向こうに消えた。

土塀の上から跳び下りた人影は、暗がり伝いに走った。

由松が土塀の切れ目から現れ、人影を追った。

人影は男であり、向島の土手道に走った。

由松は追った。


「男が……」

幸吉は眉をひそめた。

「ええ。土塀を乗り越えて忍び込もうとしやがって、ちょいと声を掛けたら慌てて逃げていきましたよ」

　雲海坊は苦笑した。

「ああ。何処の誰なのか。逃げて誰かと逢うのか。由松が追いましたよ」

「逃げた……」

「そうか……」

　幸吉、雲海坊、由松は、不審な者が現れたら捕らえずに泳がせ、背後に潜んでいるものを突き止めると決めていた。

「幸吉っつあん、睨み通り、自分の名前と素性を忘れちまった旦那。いろいろありそうだな……」

　雲海坊は睨んだ。

「うん。処で雲海坊、お前、何宗の坊主だったかな」

「えっ。真言宗に日蓮宗、天台宗に浄土真宗、お望みとあらば伴天連《ばてれん》の坊主にでも……」

　雲海坊は笑った。

「じゃあ、真言宗の坊主になり、光泉寺に住込んであの人を見張ってくれ。住職の道庵和尚には、俺が話を通す」

「承知……」

雲海坊は頷いた。

男は、土手道を吾妻橋に向かって足早に進んだ。

由松は、慎重に尾行《つけ》た。

男は、長命寺前の雨戸を閉めた茶店に差し掛かった。

「梅吉《うめきち》……」

茶店の暗がりには、浪人と半纏《はんてん》を着た男が待っていた。

「丈八《じょうはち》の兄貴、今村《いまむら》の旦那……」

梅吉と呼ばれた男は、浪人と半纏を着た男に駆け寄った。

由松は、木陰に潜んだ。

「どうだった……」

半纏を着た丈八は、梅吉に小声で尋ねた。

「本堂の傍に坊主がいましてね。迂闊《うかつ》に忍び込めませんよ」

梅吉は、腹立たしげに告げた。

「光泉寺、見張りの坊主を立てて警戒しているのかな……」

浪人の今村は眉をひそめた。

「だとしたら宗兵衛《そうべえ》、やっぱり光泉寺に逃げ込んでいるのか……」

半纏を着た丈八は読んだ。

自分の名前と素性を忘れた初老の男の名は、宗兵衛……。

由松は知った。

「おそらくな。喜助《きすけ》に石で殴られた傷、思いの外《ほか》に重いのかもな」

今村は読んだ。

「ああ。何れにしろ、どうするかは元締が決めるだろう……」

丈八は、嘲笑《ちょうしょう》を浮かべた。

「よし……」

浪人の今村と丈八、梅吉は、長命寺門前の茶店の暗がりを出て吾妻橋に向かった。

一件の背後には、〝元締〟と称する者が潜んでいる。

元締とは何者なのか……。

由松は追った。

丈八と梅吉、浪人の今村は、隅田川に架かっている吾妻橋を渡り、浅草花川戸町に進んだ。

由松は、慎重に尾行た。

丈八、梅吉、今村は隅田川沿いの町を進み、山谷《さんや》堀《ぼり》に架かっている今戸橋を渡って浅草今戸町に入った。

そして、今戸橋の袂《たもと》にある商人宿《あきんどやど》の潜《くぐ》り戸を小さく叩いた。

潜り戸が中から開いた。

丈八と今村が素早く入り、梅吉が辺りを窺って潜り戸を閉めた。

由松は、商人宿に近寄って軒行燈《のきあんどん》に書かれた『商人宿・今戸屋《いまどや》』の文字を読んだ。

今戸屋か……。

由松は見届けた。

夜廻りの木戸番の打つ拍子木の音が、夜の今戸の町に響いた。

己の名前と素性を忘れた初老の男の名前は宗兵衛……。

宗兵衛は、丈八、梅吉、浪人の今村たちと云う得体の知れぬ奴等に追われていた。そして、丈八、梅吉、浪人の今村の背後には元締なる者がいる。

幸吉は、雲海坊を旅の修行僧として向島光泉寺に入れ、宗兵衛の見張りと警護を任せた。

勇次、新八、清吉に煙草入れと煙管の出処と持ち主を突き止めるのを急がせた。そして、由松と共に商人宿『今戸屋』を見張り、探り始めた。


勇次、新八、清吉は、煙草入れと竜の絵柄の刻まれた煙管を注文した者を捜し続けた。

「えっ。此の煙草入れ、此の店で扱った物ですか……」

勇次は、思わず身を乗り出した。

「ええ。此の虎の留金は、錺職《かざりしょく》の喜多八《きたはち》さんがお客さまの注文で作ったものですので……」

袋物屋の番頭は頷いた。

「そうですか。で、注文をしたお客さんは何処の誰ですか……」

勇次は尋ねた。

「ちょいとお待ち下さい……」

番頭は、古い帳簿を捲《めく》り始めた。

親分の幸吉からの報せでは、注文主は〝宗兵衛〟と云う名前の筈だ。

勇次は、番頭の返事を待った。

「ああ。これだ。お待たせしました。此の煙草入れを注文されたお客さまは、入谷《いりや》にお住まいの茶之湯の宗匠《そうしょう》の桂木春斎《かつらぎしゅんさい》さまにございますね」

番頭は、古い帳簿を見ながら告げた。

「桂木春斎さまって、宗兵衛って人じゃあないのですか……」

勇次は訊き返した。

「ええ。茶之湯の宗匠の桂木春斎さまにございますが……」

番頭は眉をひそめた。

「茶之湯の宗匠の桂木春斎……」

宗兵衛ではない……。

勇次は困惑した。

「勇次の兄貴……」

新八と清吉が、袋物屋を出た勇次に駆け寄って来た。

「おう。どうした……」

「竜の絵柄の煙管ですが、扱った煙管屋が漸《ようや》く見付かりましたよ」

清吉は息を弾ませた。

「良くやったな。で……」

勇次は話を促《うなが》した。

「はい。銀の雁首と吸口に竜の絵柄を刻むように注文したのは、光泉寺にいる宗兵衛って人じゃあなくて……」

新八は告げた。

「入谷に住んでいる茶之湯のお師匠さんの桂木春斎か……」

勇次は訊いた。

「は、はい。勇次の兄貴も……」

新八は戸惑った。

「うん。虎の留金の煙草入れを注文した人が漸く分かったんだが……」

「宗兵衛って人じゃあないってのは、どう云う事なんですかね」

清吉は眉をひそめた。

「とにかく入谷の桂木春斎って茶之湯のお師匠さんの処に行ってみるぜ」

勇次、新八、清吉は、入谷に急いだ。

今戸橋の架かっている山谷堀は、下谷通新町から新吉原大門前を抜けて隅田川に流れ込んでいる。

今戸橋の袂にある商人宿『今戸屋』は、客の出入りが少なかった。

幸吉と由松は交代で見張り、『今戸屋』がどんな商人宿なのか調べた。

商人宿『今戸屋』の主は、富次郎《とみじろう》と云う五十歳程の大柄な男であり、女将のおとせ、住込みの手代の平助《へいすけ》、通いの女中たちがいた。

「で、繁盛はしているんですかい……」

幸吉は、自身番の店番《たなばん》に訊いた。

「それ程でもないと思いますが、潰れもせずにやっていますよ」

店番は、感心したように告げた。

「旦那の富次郎さん、どんな人ですかい……」

「若い頃は草相撲の大関だったたって噂ですが、今じゃあ女将のおとせさんの尻に敷かれていますよ」

「へえ、女将の尻に敷かれているんですか……」

幸吉は訊き返した。

「ええ。見てくれと大違いでしてね。まるで女主と番頭のようですよ」

店番は笑った。

「へえ。そうなのか……」

幸吉は眉をひそめた。


「主の富次郎は、女将のおとせの尻に敷かれていますか……」

由松は、物陰から商人宿『今戸屋』を眺めた。

「ああ。どうも、そうらしいぜ……」

幸吉は苦笑した。

「それにしても、それ程繁盛しちゃあいないのに、潰れもしないってのが気になりますね」

由松は眉をひそめた。

「商人宿の他にも何か金を稼ぐ手立てがあるのかもしれないな……」

幸吉は読んだ。

「親分……」

由松は、商人宿『今戸屋』から出て来た浪人の今村と半纏を着た丈八を示した。

「浪人の今村と丈八ですぜ……」

浪人の今村と丈八は、山谷堀に架かっている今戸橋を渡って浅草広小路に向かった。

「よし。追ってみてくれ」

「承知……」

由松は、浪人の今村と丈八を追った。

幸吉は、引き続き商人宿『今戸屋』を見張り続けた。

入谷の茶之湯の宗匠桂木春斎の家は、鬼子母神《きしもじん》の近くにあった。

勇次、新八、清吉は、茶之湯の宗匠桂木春斎の家を訪れ、煙草入れと煙管を見せた。

「ああ。此の煙草入れと煙管は、私の盗まれた物だよ」

桂木春斎は、眼を瞠《みは》った。

「盗まれた物……」

勇次は眉をひそめ、新八と清吉は思わず顔を見合わせた。

「ああ。去年の春にね」

「去年の春。何処でですか……」

「そいつが良く分からないのだが、上野の山に花見に行き、気が付いたらなくなっていてね。掏《す》られたのか、置引きにあったのか……」

桂木春斎は眉をひそめた。

「花見に行って掏られたか、置引きにあったのか……」

「それにしても今頃、出て来るとは……」

桂木春斎は、煙草入れと煙管をまじまじと見詰めた。

「お師匠さん、五十歳前後でお店の旦那風の宗兵衛って人を御存知ですか……」

勇次は訊いた。

桂木春斎は眉をひそめた。

「五十歳前後で旦那風の宗兵衛……」

「はい……」

勇次、新八、清吉は、桂木春斎の返事を待った。

「さあて、おりませんなあ、知り合いに宗兵衛さんは……」

桂木春斎は、首を横に振った。

「そうですか……」

勇次、新八、清吉は肩を落とした。

入谷鬼子母神の大銀杏《いちょう》の梢《こずえ》は風に揺れた。


光泉寺の裏庭には、木洩れ日が煌めいていた。

雲海坊は、裏庭の掃除をしながら小部屋を窺った。

障子の開け放たれた小部屋では、宗兵衛が蒲団に身を起こして庭を見詰めていた。

雲海坊は、裏庭の掃除を終えて木陰から宗兵衛を見守った。

「雲海坊……」

弥平次が背後に現れた。

「こりゃあ親分……」

「雲海坊、隠居だ、隠居……」

弥平次は苦笑した。

「あっ。はい、御隠居……」

「どんな様子だい……」

弥平次は、小部屋にいる宗兵衛を示した。

「さっきから裏庭を眺めていましてね。何を考えているのやら……」

雲海坊は眉をひそめた。

「雲海坊、お前、宗兵衛さんは、名前と素性を忘れた振りをしていると睨んでいるのか……」

「はい。何か知られちゃあならない事情があって、名前や素性を隠しているんじゃあないですかね」

雲海坊は読んだ。

「じゃあ、何かあれば動くかな……」

弥平次は小さく笑った。

「ええ。昨夜、梅吉って野郎が光泉寺に忍び込もうとしたって教えてやると、どうしますかね……」

雲海坊は笑った。

「そいつは面白いな。だが、やるなら幸吉と相談してからだ」

「ええ……」

雲海坊は頷いた。

宗兵衛は、蒲団に座ったまま裏庭を眺めていた。


丈八と浪人の今村は、浅草広小路から新寺町を抜けて下谷車坂町に進んだ。

由松は尾行た。

丈八と浪人の今村は、車坂町の裏通りに進み古い一膳飯屋に入った。

浅草今戸町からわざわざ飯を食いに来た訳じゃあない筈だ。

さあて、どうする……。

由松は睨み、古い一膳飯屋を窺った。

三

古い一膳飯屋の店内に客は少なかった。

由松は、浅蜊《あさり》のぶっかけ飯を頼み、店の奥を窺った。

店の奥の衝立《ついたて》の陰では、浪人の今村と丈八が髭面《ひげづら》と小肥りの二人の浪人と酒を飲んでいた。

四人は、酒を飲みながら声を潜めて何事かを話し合っていた。

由松は、運ばれて来た浅蜊のぶっかけ飯を食べながら四人を窺った。

やがて、丈八は髭面と小肥りの二人の浪人にそれぞれ薄い紙包みを差し出した。

髭面と小肥りの浪人たちは、薄い紙包みをそれぞれ受け取って懐《ふところ》に入れた。

金だ……。

丈八と今村は、髭面と小肥りの二人の浪人に金を渡して何かを頼んだ。

由松は睨んだ。


幸吉は、山谷堀に架かっている今戸橋の袂から商人宿『今戸屋』を窺っていた。

商人宿『今戸屋』の帳場には年増《としま》の女将おとせが座り、手代の平助や女中たちに指図をしていた。

亭主の富次郎を尻に敷く女将のおとせ……。

幸吉は見定めた。

女将のおとせは、年増だが色っぽくて気の強そうな女だった。

富次郎が尻に敷かれても仕方がないのか……。

幸吉は苦笑した。

「親分……」

勇次が、新八と清吉を連れてやって来た。

「おう。煙草入れと煙管、持ち主を突き止めたか……」

幸吉は、勇次たちを迎えた。

「はい。漸く。此の煙草入れと煙管の持ち主は、入谷に住んでいる桂木春斎って茶之湯のお師匠さんでした」

勇次は報せた。

「茶之湯の師匠の桂木春斎、宗兵衛じゃあないのか……」

幸吉は眉をひそめた。

「はい。桂木春斎さん、去年の花見の時に掏られたか、置引きに遭ったのかもしれないと云っています」

「盗まれた物か……」

幸吉は知った。

「はい……」

「じゃあ、その茶之湯のお師匠さんの物に間違いないのだな」

「はい。煙草入れの注文を受けた袋物屋と煙管屋の人もそう云っていました」

「そうか、御苦労だったな」

幸吉は、勇次、新八、清吉を労った。

「はい。親分、見張りを交代します」

勇次は告げた。

「うむ。勇次と清吉は此処を頼む。新八、お前は向島の光泉寺にいる雲海坊の処に助っ人に行ってくれ」

幸吉は、それぞれの手筈を決めた。

「合点です……」

勇次、清吉、新八は頷いた。

隅田川からの風は、光泉寺の裏庭の木々の葉を揺らしていた。

宗兵衛は、縁側に座って風に揺れる木々の葉を厳しい面持ちで見詰めていた。

何を考えている……。

雲海坊は、木立の陰から見守った。

宗兵衛には、己の名前や素性を忘れた不安は窺えず、厳しさを滲ませていた。

やはり、忘れた振りをしている……。

雲海坊は見定めた。

よし……。

「やあ、具合は如何《いかが》ですか……」

雲海坊は、箒《ほうき》を手にして宗兵衛の許に進んだ。

「此れはお坊さま……」

宗兵衛は、素早く厳しさを隠した。

「拙僧は旅の修行僧の雲海坊、昨日から光泉寺に厄介になっている者ですよ」

雲海坊は笑い掛けた。

「雲海坊さんですか……」

「ええ。聞く処によれば、何者かに襲われて頭を殴られ、名や素性の何もかもを忘れてしまったとか……」

雲海坊は、心配そうに眉をひそめた。

「はい……」

「お気の毒に。して、未だに何も思い出しませんか……」

「はい。処で雲海坊さま、お寺に手前の事を尋ねて来た者はおりませんか……」

宗兵衛は、それとなく探りを入れて来た。

「それは、御住職の道庵さまも寺男の万造さんも別に何も仰ってはいなかったが

「……」

雲海坊は惚けた。

「そうですか……」

宗兵衛は、微かな安堵《あんど》を過《よぎ》らせた。

「物騒な処ですな。江戸は……」

雲海坊は、縁側に腰掛けて裏庭を眺めた。

「は、はい……」

「良いですよ、旅は……」

雲海坊は眼を細めた。

「旅ですか……」

「えっ、ええ……」

「そうか。旅か……」

宗兵衛は、何かに気が付いたように頷いた。

「旅がどうかしましたか……」

「いえ。別に……」

宗兵衛は言葉を濁した。

「雲海坊さん、何処ですか……」

寺男の万造の呼ぶ声がした。

「はい、只今。お邪魔しましたな。じゃあ又……」

雲海坊は、宗兵衛に会釈をして裏庭から出て行った。

「旅か……」

宗兵衛は、厳しい面持ちで呟《つぶや》いた。

雲海坊は、裏庭から庫裏の前にやって来た。

新八が、寺男の万造と一緒にいた。

「お客さんですよ」

万造は告げた。

「はい……」

雲海坊は頷いた。

「じゃあ……」

万造は、雲海坊と新八が知り合いだと見定めて庫裏の中に戻った。

「どうですか……」

「宗兵衛なら相変わらずだよ」

雲海坊は苦笑した。

「そうですか……」

「そっちは……」

「いろいろ分かりましたよ。で、親分が雲海坊さんの助っ人に行けと……」

新八は頷いた。

「よし。訊かせて貰おうか……」

雲海坊は、新八を裏庭に誘った。

南町奉行所には多くの人が忙しく出入りしていた。

「ほう。己が何処の誰か分からない振りをしているのか……」

久蔵は苦笑した。

「はい。きっと……」

幸吉は頷いた。

「して、その宗兵衛を狙っている者たちがいるか……」

久蔵は眉をひそめた。

「はい。梅吉に丈八、浪人の今村、宗兵衛の頭を石で殴った奴もそいつらの仲間だと思いますが、どんな奴らなのか……」

「そいつら、浅草は今戸の商人宿に出入りしているようだが、何かありそうだな……」

定町廻《じょうまちまわ》り同心の神崎和馬《かんざきかずま》は眉をひそめた。

「ええ。大して繁盛もしていないのに、潰れない商人宿。裏で何かをしているんじゃあないかって噂もありますよ」

幸吉は笑った。

「柳橋の、商人宿の今戸屋は、女将が旦那を尻に敷いているんだな」

「はい。女将は年増で色っぽいおとせ、旦那は富次郎。他に平助って手代に通いの女中がおります」

「そして、出入りをしている梅吉に丈八、浪人の今村か……」

「はい……」

「宗兵衛が茶之湯の宗匠の煙草入れや煙管を盗んだ盗っ人なら、奴らも盗賊ですかねえ……」

和馬は読んだ。

「うむ。何れにしろ、宗兵衛なる者と商人宿の今戸屋の奴らが何かで揉め、秘かに殺し合っているかもしれねえか……」

久蔵は、厳しさを過ぎらせた。

「はい。おそらく梅吉に丈八、浪人の今村は今夜も宗兵衛を狙うかもしれません」

幸吉は睨んだ。

「よし。和馬、お前は今戸屋の女将のおとせと旦那の富次郎の面、拝んで来な」

久蔵は命じた。

「心得ました……」

和馬は頷いた。


山谷堀には、新吉原に行く客を乗せた舟が行き交っていた。

商人宿『今戸屋』は明かりを灯《とも》し、女将のおとせと旦那の富次郎たちが商いから帰って来る行商人を迎えていた。

勇次と清吉は、山谷堀に架かる今戸橋の袂から見張っていた。

「商人宿の今戸屋か……」

和馬が、商人宿『今戸屋』を眺めながら勇次と清吉の背後に現れた。

「こりゃあ和馬の旦那……」

勇次と清吉は和馬に挨拶をし、頷いた。

「あれが、女将のおとせと、尻に敷かれている旦那の富次郎か……」

和馬は、女将のおとせに指図されて働いている旦那の富次郎を見守った。


日が暮れ、隅田川を行き交う船に明かりが灯された。

光泉寺は山門を閉めた。

新八は、本堂の階《きざはし》の陰に潜んで忍び込んで来る者を見張った。

雲海坊は、やって来た幸吉と小部屋にいる宗兵衛を見守った。

「そうか。宗兵衛、落ち着かない様子か……」

幸吉は眉をひそめた。

「ええ。梅吉が光泉寺に忍び込もうとしたり、丈八や浪人の今村が彷徨《うろつ》いていると知ったらどうするかな……」

雲海坊は楽しげに告げた。

「教えて、どう動くか見定めるか……」

幸吉は、雲海坊の企《くわだ》てを読んだ。

「ああ。名前や素性を忘れた振りをして、何を隠し、どうしようとしているのか……」

「面白いな、雲海坊……」

幸吉は笑った。

「幸吉っつあんもそう思うかい……」

雲海坊は、楽しげな笑みを浮かべた。


夜、隅田川に架かっている吾妻橋を渡る人は減った。

丈八と今村は、髭面と小肥りの二人の浪人と共に吾妻橋を渡り、水戸藩江戸下屋敷の前を通って向島に向かった。

由松は尾行た。

髭面と小肥りの二人の浪人を使って宗兵衛に何をする気なのか……。

由松は、先を行く丈八、今村、髭面と小肥りの浪人を慎重に尾行た。

長命寺門前の茶店の暗がりから梅吉が現れ、丈八たちに近付いた。

由松は、土手道の斜面を進んで丈八たちに忍び寄った。

「光泉寺の様子はどうだ……」

丈八は尋ねた。

「旅の修行僧が一人、草鞋《わらじ》を脱ぎましたがどうって事はありませんぜ」

梅吉は、先行して光泉寺に探りを入れていたのだ。

「そうか……」

「で、そっちの旦那方に押込んで貰うんですか……」

梅吉は、髭面と小肥りの浪人に会釈をした。

「ああ……」

丈八は頷いた。

よし……。

由松は、土手道の斜面を迂回して光泉寺に先廻りをする事にした。

光泉寺は夜の闇と静寂に覆《おお》われていた。

新八は、本堂の階の陰から山門を見張り続けていた。

山門の外から呼び子笛が短く鳴った。

呼び子笛だ……。

新八は山門に走り、外の様子を窺った。

山門の外に人の気配がした。

「誰です……」

新八は、慎重に声を掛けた。

「俺だ……」

由松の声がした。

新八は、閂《かんぬき》を抜いて山門を僅《わず》かに開けた。

由松が素早く入って来た。

新八は山門を閉め、閂を掛けた。

「来ていたのか……」

「はい。親分も……」

「そいつは良かった……」

由松は小さく笑った。

「何か……」

「奴らが来る……」

由松は告げた。

「そうか。相手は昨夜の梅吉、丈八、今村の他に髭面と小肥りの浪人の五人か……」

幸吉は、由松の報せを聞いた。

「相手は五人、こっちは四人。どうします」

由松は眉をひそめた。

「なあに二人の浪人、所詮は金で雇われた食詰《くいづ》めだ。お上の手が廻っていると知れば、さっさと尻に帆を掛けるさ」

雲海坊は嘲《あざけ》りを浮かべた。

「食詰めに義理も意地もありませんかい……」

由松は苦笑した。

「ああ。さあて、どうしますか……」

雲海坊は頷き、幸吉の出方を窺った。

「よし。先手を打って光泉寺の門前で追い払う。雲海坊、その後、宗兵衛に妙な奴らが来たと教えてやりな」

幸吉は出方を決めた。

「ええ。で、宗兵衛の奴、どうするか……」

雲海坊は、楽しげに笑った。


隅田川の流れは月明かりに煌めいた。

土手道を五人の男たちがやって来た。

梅吉、丈八、今村、髭面と小肥りの浪人たちだった。

光泉寺の本堂の屋根は、月明かりを浴びて僅かに光っていた。

梅吉は、光泉寺の山門に駆け寄り、身軽に土塀の上に登った。そして、光泉寺の様子を窺って土塀の内側に跳び下りた。

丈八、今村、髭面と小肥りの浪人たちは見守った。

山門が僅かに開き、梅吉が出て来た。

「どうだ……」

丈八は訊いた。

「はい。寝ているのか、静かなもんですぜ」

梅吉は笑った。

「よし。じゃあ、お願いしますぜ……」

丈八は、髭面と小肥りの浪人たちを促した。

「うむ……」

髭面と小肥りの浪人たちは、僅かに開いている山門に向かった。

刹那《せつな》、幾つもの呼び子笛の音が夜空に鳴り響いた。

髭面と小肥りの浪人、梅吉、丈八、今村は激しく狼狽《うろた》えた。

呼び子笛は鳴り響き続けた。

髭面と小肥りの浪人は身を翻《ひるがえ》し、我先に来た道を逃げた。

「だ、旦那方……」

梅吉は慌てて追った。

「くそっ……」

丈八は、満面に怒りを浮かべた。

「丈八、此迄だ……」

今村は身を翻した。

丈八は、腹立たしげに続いた。

光泉寺の山門や土手道の斜面から幸吉、雲海坊、由松、新八が現れた。

「呆気ねえもんだぜ」

由松は嘲笑した。

「ああ。じゃあ雲海坊……」

幸吉は促した。

「承知……」

雲海坊は、光泉寺の山門に駆け込んで行った。

「新八、見失うなよ」

「合点です」

新八は、雲海坊を追った。

「上手く行くと良いですね」

「ああ……」

幸吉は頷いた。

「じゃあ、あっしは商人宿の今戸屋に……」

由松は、幸吉に告げて丈八たちを追って駆け去った。

「丈八と梅吉って奴らが浪人たちと……」

宗兵衛は、雲海坊が持って来た手燭《てしょく》の明かりに照らされた顔を歪《ゆが》めた。

「ええ。何でも宗兵衛って奴をぶち殺すとか云って、山門の前で岡っ引や役人と、それはもう激しく争っていましてね」

雲海坊は、恐ろしそうに身を震わせた。

「雲海坊さん、で、丈八と梅吉たちは……」

「争いながら木母寺《もくぼじ》の方に行ったが、いつ戻ってくるか……」

雲海坊は煽《あお》った。

宗兵衛は、慌てて蒲団を出て着替え始めた。

「えっ。どうしたんですか……」

雲海坊は驚いてみせた。

「雲海坊さん、私は逃げます」

宗兵衛は、恐怖に声を震わせた。

「逃げるって、その姿では危ないですぞ」

「えっ……」

宗兵衛は、恐怖に突き上げられた。

「そうだ。雲水《うんすい》になり、拙僧が一緒に行きましょう。それなら気付かれずに済みますぞ」

雲海坊は、尤《もっと》もらしく頷いて見せた。

「ありがたい。雲海坊さん、お願いします」

宗兵衛は、雲海坊に縋《すが》る眼差しを向けた。

「お任せ下さい」

雲海坊は笑い掛けた。


光泉寺の山門が開いた。

饅頭笠《まんじゅうがさ》を被った雲水が二人、錫杖《しゃくじょう》を手にして出て来た。

雲海坊と宗兵衛だった。

「雲海坊さん……」

宗兵衛は怯《おび》えていた。

雲海坊は辺りを窺った。

「行きますぞ……」

雲海坊は告げた。

「は、はい……」

宗兵衛は、喉を鳴らして頷いた。

雲海坊は、山門を出て土手道を吾妻橋に向かった。

宗兵衛は続いた。

新八が山門から現れ、雲海坊と宗兵衛の後を追った。

幸吉は、斜面から土手道に上がって見送った。

四

商人宿『今戸屋』は軒行燈を灯していた。

丈八、梅吉、今村が足早にやって来て今戸橋を渡り、商人宿『今戸屋』に入って行った。

和馬、勇次、清吉が物陰から見送った。

由松が遅れてやって来た。

「由松……」

和馬は物陰を出た。

「和馬の旦那……」

由松は、和馬、勇次、清吉に気が付いた。

「今、今戸屋に入って行った奴らを追って来たのか……」

和馬は尋ねた。

「はい。丈八に梅吉に今村、向島の光泉寺に押込もうとしたんですが、失敗して逃げ帰って来ましたぜ」

由松は嘲笑した。

「そうか……」

「で、和馬の旦那は……」

「うん。今戸屋の女将のおとせと主の富次郎をな……」

和馬は、商人宿の『今戸屋』を厳しい面持ちで眺めた。

新吉原の大門は既に閉まり、客を乗せて山谷堀を行き交う船は途絶えていた。


本所竪川《たてかわ》は、大川に架かる両国橋の南脇から下総中川に流れている。

雲水姿の宗兵衛と雲海坊は、大川沿いの道から伊勢国津藩江戸下屋敷と回向院《えこういん》の間の道を進み、本所竪川に架かっている一つ目之橋に出た。

「何処迄行くんだい……」

雲海坊は尋ねた。

「もう直《じき》です」

宗兵衛は、一つ目之橋を渡って竪川沿いの道を東に進んだ。

雲海坊は続いた。

「お前さん、自分の名前と素性、思い出したようだね」

雲海坊は苦笑した。

「はい。手前は宗兵衛と申します」

宗兵衛は、己の名前が宗兵衛だと認めた。

「やはり、お前さんが丈八や梅吉に狙われている宗兵衛さんか……」

「はい……」

「じゃあ、宗兵衛さんを殴ったのは、丈八や梅吉の仲間なのかい」

「ええ。喜助って奴でして、いきなり匕首を抜いて襲い掛かって来て争いになり、野郎の匕首を奪い取って……」

「刺したのですか……」

「喜助、匕首を取られて慌てて石で殴り掛かって来たので、咄嗟《とっさ》に……」

宗兵衛は顔を顰《しか》めた。

「刺したが、同時に石で頭を殴られた……」

雲海坊は読んだ。

「ええ……」

宗兵衛は、喜助を匕首で刺すと同時に頭を石で殴られたのだ。

「それで、丈八や梅吉から逃れて光泉寺に逃げ込みましたか……」

「ええ……」

「そうですか……」

雲海坊は頷いた。

宗兵衛は、六間堀に架かる松井橋を渡って二つ目之橋から続く道に曲がり、萬《まん》徳山弥勒寺《とくざんみろくじ》に進んだ。

萬徳山弥勒寺の前の道は、五間堀に架かっている弥勒寺橋と北森下町に続いている。

宗兵衛と雲海坊は、弥勒寺橋を渡って北森下町の裏通りに進み、雨戸を閉めた小さな店の前で立ち止まった。

「此処は……」

「手前の家です……」

宗兵衛は頷き、雨戸を閉めた小さな店を不安げに眺めた。

雲海坊は、小さな店の周囲と店内に不審な処がないか窺った。

不審な処はない……。

雲海坊は見定めた。

「で、何処から入るのかな……」

「裏の勝手口からです」

「ならば……」

雲海坊は、裏の勝手口に続く路地に進んだ。

宗兵衛は続いた。

新八が暗がりから現れ、厳しい面持ちで小さな店を眺めた。

「此処《ここ》か……」

新八は小さく笑った。


家の中に人の気配はなく、冷ややかさが漂っていた。

宗兵衛は、饅頭笠を取って行燈に火を灯した。

行燈の火に照らされた狭い家の中には、様々な置物や仏像が置かれ、障子の向こうの店には骨董品が並べられていた。

「宗兵衛さんは、骨董屋ですかな」

雲海坊は読んだ。

「は、はい……」

「そうですか、骨董屋ですか。ならば丈八や梅吉、喜助は何者ですか……」

「奴らは時々、うちに骨董品を持ち込んできましてね。それで此の前、持ち込んだ骨董の置物が盗品だと分かりましてね」

「じゃあ、奴らは盗賊ですか……」

雲海坊は読んだ。

「ま、盗賊と云うか不始末屋と云うか……」

「不始末屋……」

雲海坊は眉をひそめた。

「ええ。大店の御隠居や旦那を子供や孫が御法度《ごはっと》に触れる危ない不始末をしたと脅し、お上や世間に知られたくなければ、金や高値の骨董品を出せ、出せば揉み消して始末してやると騙《だま》す奴らです」

「成る程、相手の弱味を突いて脅し、揉み消してやると云って、金や高値の骨董品などを騙し取る不始末屋ですか……」

「ええ。御隠居や旦那、子供や孫可愛さに云いなりだそうですよ」

「で、不始末屋だと気が付いた宗兵衛さんを殺そうとしましたか……」

「ええ。きっと……」

宗兵衛は頷いた。

「そうですか。で、此からどうします……」

「雲海坊さん、江戸にいれば狙われ続けます。ですから手前も旅に出ます。一緒に連れて行って下さい。此の通り、お願いします」

宗兵衛は、雲海坊に手をついて深々と頭を下げた。

「連れて行くのは良いが、路銀《ろぎん》がね……」

雲海坊は首を捻った。

「あります。金ならあります」

宗兵衛は、台所の床下から壺を取り出して蓋を開けた。

壺の中には小判が詰まっていた。

商人宿『今戸屋』から行商人たちが商売に出掛けて行った。

丈八、梅吉、今村は、昨夜遅く戻ってから出掛けてはいなかった。

由松、勇次、清吉は見張りを続けた。

旦那の富次郎が、丈八を従えて商人宿『今戸屋』から出て来た。

「由松さん、旦那の富次郎です」

勇次は、背後にいた由松に報せた。

「よし。此処は俺が引き受けた。清吉と追ってみな」

「承知。清吉……」

勇次と清吉は、富次郎と丈八を追った。

由松は、見張りを続けた。

僅かな刻が過ぎた。

女将のおとせが、浪人の今村を従えて商人宿『今戸屋』から出て来た。

由松は見守った。

女将のおとせは、今村を従えて山谷堀沿いの日本堤を三ノ輪町に向かった。

由松は尾行た。

北森下町の骨董屋『貉堂《むじなどう》』は雨戸を閉めたままだった。

新八は見張った。

幸吉が、五間堀に架かっている弥勒寺橋を渡って来た。

「親分……」

幸吉は、物陰にいる新八の許に来た。

「此処か……」

「はい。宗兵衛の営む骨董屋の貉堂です」

「宗兵衛、骨董屋だったか……」

「はい。で、宗兵衛と雲海坊さん、昨夜入ったままです」

新八は、朝になって北森下町の木戸番に聞き込みを掛け、柳橋の船宿『笹舟』に使いを頼んだ。そして、幸吉がやって来た。

「そうか……」

「骨董屋の宗兵衛、聞く処によれば、骨董品の目利きもしますが、故買屋《こばいや》だって噂もあります」

「故買屋か……」

〝故買屋〟とは、盗品を売り買いする者だ。

「はい……」

「となると、今戸屋の奴らは盗賊かな……」

「かもしれませんね」

「何れにしろ、睨み通り真っ当な奴じゃあなかったか……」

幸吉は苦笑した。

「親分、雲海坊さんです……」

新八が骨董屋『貉堂』の路地から出て来た雲海坊を示した。

神田須田町の通りは賑わっていた。

商人宿『今戸屋』の主の富次郎は、丈八を従えて神田須田町の仏具屋『秀麗堂《しゅうれいどう》』に入った。店の表には、老舗《しにせ》大店らしく何枚もの御用達《ごようたし》の金看板が掲げられていた。

「仏具屋秀麗堂ですか……」

清吉は看板を読んだ。

「ああ。江戸でも名高い老舗の仏具屋だ」

勇次は、仏具屋『秀麗堂』を知っていた。

「富次郎と丈八、仏壇でも買いに来たんですかね」

「まさか。仏壇なら神田須田町に来る迄もなく浅草で幾らでも買える。何か他の用で来たのだろう」

勇次は読んだ。

「他の用ですか……」

「うん。わざわざ浅草今戸から神田須田町の仏具屋秀麗堂に来たんだ。それなりの用があるのに決まっているさ」

「仏具屋にどんな用ですかね」

清吉は首を捻った。

「清吉、ちょいと木戸番の処に行って来る」

勇次は、清吉を残して神田須田町の木戸番屋に走った。

「仏具屋の秀麗堂さんですか……」

木戸番は、微かな戸惑いを浮かべた。

「ええ。随分と繁盛している老舗。心配事や困っている事なんか、ないんでしょうね」

勇次は訊いた。

「そりゃあもう。御隠居さまも旦那さまも商い上手の遣り手ですからねえ。心配事や困っている事なんて、強いて云えば……」

木戸番は云い澱《よど》んだ。

老舗仏具屋『秀麗堂』にも心配事や困った事はあるのだ。

「強いて云えば、何ですかい……」

「若旦那が遊び人でしてね……」

木戸番は囁《ささや》いた。

「若旦那が遊び人……」

勇次は眉をひそめた。

新吉原は客で賑わっていた。

女将のおとせと今村は、日本堤から五十間道に曲がって新吉原の大門を潜った。

由松は続いた。

新吉原は二万坪の土地に五つの町があり、多くの人が暮らしている。そして、各町にある廓《くるわ》には千人以上の遊女がいた。

おとせと今村は、見世《みせ》の籬《まがき》にいる遊女を眺めながら角町に進み、『松葉楼《まつばろう》』の男衆に親しげな声を掛けて暖簾を潜った。

おとせは『松葉楼』に何しに来たのだ……。

由松は、『松葉楼』を窺った。


南町奉行所の中庭には、木洩れ日が揺れていた。

久蔵の用部屋には、和馬、幸吉、雲海坊が訪れていた。

「不始末屋だと……」

久蔵は眉をひそめた。

「はい。大店の子や孫の悪行や不始末を見付け、お上や世間に知れぬ内に揉み消すと持ち掛け、始末金や高値の骨董を戴く寸法です」

雲海坊は報せた。

「って事は、己で火を付け、消してやるから金を出せって手口か……」

和馬は呆れた。

「ええ。宗兵衛は不始末屋が受け取った骨董を好事家《こうずか》に高値で売り捌《さば》いていましたが、金の取り分で揉め、喜助って野郎と殺し合いになったって処ですか……」

「で、宗兵衛は喜助を殺してしまったと……」

幸吉は告げた。

「成る程、それで己の名や素性を忘れた振りをした訳か……」

久蔵は読んだ。

「はい……」

雲海坊は頷いた。

「して、今は高飛びをしたがっているのか……」

「はい。それであっしは光泉寺に荷物を取りに行くと云って出て来ました」

雲海坊は告げた。

「で、今は新八が見張っています」

幸吉は報せた。

「ま、此で宗兵衛は片付けられます。で、残るは商人宿の今戸屋の富次郎やおとせたちが不始末屋だと云う確かな証拠ですか……」

和馬は眉をひそめた。

「秋山さま……」

小者が、用部屋の庭先にやって来た。

「なんだい……」

「はい。柳橋の勇次さんが来ています」

「おう。通してくれ」

小者は退がり、勇次が庭先にやって来た。

「どうした、勇次……」

幸吉は尋ねた。

「はい。今戸屋の富次郎、神田須田町の仏具屋秀麗堂に行きました」

勇次は報せた。

「富次郎が仏具屋の秀麗堂に……」

和馬は眉をひそめた。

「はい。何しに行ったかは分かりませんが……」

「よし。和馬、柳橋の、直ぐに秀麗堂に行ってみな」

久蔵は、冷笑を浮かべて命じた。


久蔵は、深川北森下町に赴いて新八と骨董屋『貉堂』に踏み込んだ。

宗兵衛は驚き、泣き喚《わめ》いた。

「新八、容赦は要らねえ。喜助を殺した罪でお縄にしな……」

久蔵は、苦笑しながら命じた。

「はい。宗兵衛、神妙にしろ」

新八は、泣き喚く宗兵衛に縄を打った。


神田須田町の仏具屋『秀麗堂』の奥座敷は、賑やかな通りにあるとは思えぬ静けさだった。

和馬と幸吉は、仏具屋『秀麗堂』主の勘三郎《かんざぶろう》に対した。

「それで神崎さま、御用とは……」

勘三郎は、老舗大店の主らしい福々しい顔に笑みを浮かべていた。

「勘三郎、小細工なしに尋ねるが、今戸屋富次郎は何しに来たんだい……」

和馬は、勘三郎を見据えた。

「えっ……」

勘三郎は、福々しい顔の笑みを消して狼狽えた。

「今戸屋富次郎が来たのは分かっている。妙な隠し立ては、秀麗堂の名に傷が付くぜ」

「神崎さま……」

勘三郎は、福々しい顔を歪めて怯えた。

「勘三郎の旦那、若旦那の勘吉《かんきち》さんはおいでになりますか……」

幸吉は、勘三郎を見詰めた。

「か、勘吉は今……」

「お留守なんですね」

「は、はい……」

勘三郎は頷いた。

「和馬の旦那……」

「うん。勘三郎、今戸屋の富次郎、若日那の勘吉の事で来たんだろう」

和馬は笑い掛けた。

「はい……」

勘三郎は、頰を引き攣《つ》らせて頷いた。

「勘三郎、富次郎は勘吉がどんな悪さ、不始末をしたと云って来たんだい」

「茶店の娘を手籠《てご》めにし、親がお上に訴えると云っていると……」

和馬は眉をひそめた。

「はい。その不始末を訴えずに済ませるには、五十両の金がいると……」

勘三郎は苦し気に告げた。

「不始末始末の五十両、出したのかい……」

「はい。勘吉が訴えられず、事を内聞に済ませる事が出来るのなら安いものだと……」

勘三郎は、恥じ入るように項垂《うなだ》れた。

「成る程な……」

「で、勘三郎の旦那、若旦那は夜になれば帰って来るのですか……」

「それが、此処十日程……」

「帰って来ないのですか……」

「はい……」

「和馬の旦那……」

「うむ。とにかく、此れで今戸屋富次郎たちが不始末屋だとはっきりした訳だ」

「ええ……」

幸吉は頷いた。

「勘三郎、おそらく勘吉は、茶店の娘を手籠めになんかしちゃあいないよ」

「か、神崎さま……」

勘三郎は、困惑と安堵を忙しく交錯させた。

和馬は笑った。

浅草今戸町の商人宿『今戸屋』は、暖簾を川風に揺らしていた。

主の富次郎は、丈八と既に『今戸屋』に戻り、勇次と清吉は再び見張りに就いた。

「由松さん、どうしたんですかね」

清吉は、由松がいないのに気が付いた。

「きっと女将のおとせが出掛けたんで追ったんだろう」

勇次は読んだ。

僅かな刻が過ぎた。

女将のおとせと浪人の今村が、日本堤をやって来た。

「勇次の兄貴……」

「うん……」

女将のおとせと今村は、商人宿『今戸屋』に入って行った。そして、由松が日本堤を足早にやって来た。

「由松さんです」

「うん……」

勇次は頷き、由松を迎えた。

「おう、戻っていたかい。で、旦那の富次郎、何処に行って来たんだ」

「そいつが、神田須田町の秀麗堂って仏具屋に行きましてね……」

勇次は告げた。

「秀麗堂って仏具屋だと……」

由松は眉をひそめた。

隅田川に夕陽が映えた。

「じゃあ何か、今戸屋の女将のおとせは、新吉原は角町の松葉楼に大店の若旦那を居続けさせているのか……」

和馬は眉をひそめた。

「ええ。床上手の年増女郎を宛《あて》がって……」

由松は頷いた。

「で、その大店の若旦那が仏具屋秀麗堂の勘吉なのか……」

幸吉は念を押した。

「はい。松葉楼の遣手に金を握らせて訊き出しました。間違いありませんぜ」

由松は告げた。

「そして、若旦那の不始末を捏《で》っち上げて秀麗堂の主の勘三郎を脅し、揉み消してやると云って五十両の金を騙し取った訳か……」

和馬は読んだ。

「不始末屋か。子や孫に大甘な旦那や隠居を狙った巧妙で狡猾《こうかつ》な手口だな」

久蔵は苦笑した。

「ええ。で、どうします」

和馬は、久蔵の指示を仰いだ。

「ま、大店の主の弱味を突いた騙《かた》りには違いねえ。お縄にしな……」

久蔵は命じた。

捕らえる相手は、商人宿『今戸屋』主の富次郎、女将のおとせ、丈八、梅吉、浪人の今村の五人。

和馬は、幸吉、勇次、清吉と表から商人宿『今戸屋』に踏み込んだ。

同時に商人宿『今戸屋』から怒声と悲鳴があがり、争う音が鳴り響いて家が激しく揺れた。

和馬は富次郎を十手で殴り倒し、清吉が馬乗りになって縄を打った。

幸吉と勇次は、丈八と梅吉を捕らえた。

女将のおとせと浪人の今村は、血相を変えて裏口に逃げた。

裏口の外には、久蔵と由松がいた。

「おのれ……」

今村は、久蔵に斬り掛かった。

久蔵は、軒下に積んであった薪《まき》を取って今村に投げた。

薪は回転しながら今村に飛んだ。

今村は、薪を顔面に受けて鼻血を飛ばして倒れた。

由松は、倒れた今村を蹴り飛ばして捕り縄を打った。

女将のおとせは立ち竦《すく》んだ。

「女将のおとせだな……」

久蔵は笑い掛けた。
「お役人さま、私は亭主の富次郎に命じられたままに動いた迄で何も知りませ
ん」
おとせは、久蔵に哀しげな縋る眼を向けた。
「さあて、そいつはどうかな……」
久蔵は、おとせを冷ややかに見据えた。
おとせは、戸惑ったように久蔵を見詰めた。
「富次郎を尻に敷いた嬶天下《かかあでんか》振り、不始末屋の事を大番屋でじっくり聞かせて貰
うよ……」
久蔵は告げた。
「そうですか……」
何もかも知れている……。
おとせは吐息を洩らし、覚悟を決めたように艶然と笑った。
久蔵は苦笑した。
隅田川は緩やかに流れ、様々な船が行き交っていた。

久蔵は、向島に隠居の弥平次を訪れ、隅田川の岸辺に並んで釣り糸を垂らした。

「中々良い具合ですよ。戴いた此の東舟の継ぎ竿……」

弥平次は、五本継ぎの東舟の継ぎ竿を動かして見せた。

「そいつは良かった……」

「で、宗兵衛や富次郎たちにお裁きは下ったんですか……」

「うむ。如何に悪党同士の仲間割れと雖《いえど》も宗兵衛が富次郎の手下の喜助を刺し殺したのは間違いない。それ故、死罪にした……」

久蔵は、流れに揺れる浮子《うき》を見詰めた。

「そうですか。で、不始末屋の連中は……」

「主の富次郎は三宅島、女将のおとせは八丈島、丈八、梅吉、今村たちは新島や大島だ」

「皆、遠島の刑ですか……」

「ああ。嘘偽りの不始末で脅しに騙り、罪は重いぜ……」

「それにしても、女将のおとせが一番遠い八丈島ですか……」

弥平次は、微かな戸惑いを浮かべた。

「ああ。脅しに騙りの不始末屋、最初に企んだのは女将のおとせだ」

「女将のおとせ……」

「ああ。亭主の富次郎たちは、おとせの指図で動いていたんだぜ」

「じゃあ……」

「ああ。不始末屋の頭は女将のおとせだ……」

久蔵は苦笑した。

「そうですか。女将のおとせが頭でしたか……」

弥平次は眉をひそめた。

「ああ。おとせ、強《したた》かな女だ……」

久蔵と弥平次は、岸辺に並んで座って釣を続けた。

川風が吹き抜け、土手の草が揺れて陽差しに煌めいた。

第二話

嘘吐き

一

浜町堀の流れは、月影を揺らして大川に向かっていた。

岡っ引の柳橋の幸吉と下っ引の勇次は、通油町《とおりあぶらちよう》の通りを進んで浜町堀に架かっている緑橋に差し掛かった。

男の怒声が不意にあがった。

「親分……」

「うん……」

幸吉と勇次は足を止め、緑橋の向こうの居酒屋を見た。

緑橋の袂の居酒屋の腰高障子が開き、浪人と派手な半纏を着た男が若い職人と縺《もつ》れ合いながら出て来た。

「あっ……」

勇次は、想わず声を洩らした。

「此の野郎……」

浪人と派手な半纏を着た男は、若い職人に殴り掛った。

若い職人は浪人を殴り、派手な半纏を着た男を蹴り飛ばした。

「お、おのれ……」

浪人は刀を抜いた。

若い職人は身構えた。

「何をしている」

幸吉は怒鳴った。

勇次は、呼び子笛を吹き鳴らした。

浪人と派手な半纏を着た男は、慌てて逃げ去った。

若い職人は、佇《たたず》んで肩で息を吐いた。

「看板だ。お前も帰ってくれ」

居酒屋の亭主が、道具箱を持って来て若い職人に押し付けた。

「騒がせたな、すまねえ……」

若い職人は暗い眼で詫《わ》び、道具箱を担いで重い足取りで浜町堀沿いを南に進んだ。

「親分。ちょいと追ってみます」

勇次が、職人を見ながら告げた。

「ああ……」

幸吉は頷いた。

勇次は、道具箱を担いで浜町堀沿いを去って行く職人を追った。

幸吉は勇次を見送り、暖簾を仕舞って軒行燈を消している居酒屋の亭主に近付いた。

「やあ。大騒ぎにならずに良かったな」

「こりゃあ、親分さんでしたか、止めてくれたのは……」

居酒屋の亭主は、幸吉に頭を下げた。

「ああ。浪人が刀を抜いたのでな。で、あの浪人と派手な半纏の野郎、何処の誰だい」

幸吉は尋ねた。

「両国広小路の地廻りですよ」

「じゃあ、若い職人は……」

「彼奴《あいつ》は佐吉《さきち》って大工ですよ」

「大工の佐吉か。で、何で揉めたんだい」

「それが眼を付けたとか、付けなかったとか。馬鹿な奴らですよ」

亭主は、迷惑そうに吐き棄てた。

「そうか……」

幸吉は、大工の佐吉と勇次の行った浜町堀沿いの暗い道を眺めた。


大工の佐吉は、道具箱を担いで汐見橋の袂から千鳥橋に進んだ。

勇次は、充分に距離を取って尾行た。

佐吉は、千鳥橋を渡って元浜町の裏通りに進んだ。

勇次は追った。

佐吉は、裏通りから路地に入り、奥にある小さな家の前に立ち止まった。

小さな家には明かりが灯されていた。

佐吉は、暗い眼をして吐息を洩らし、明かりの灯されている小さな家に入った。
「佐吉……」
勇次は見届け、小さな家の様子を窺った。
明かりが灯されていた処をみると、佐吉は誰かと一緒に暮らしている。
おっ母さんは、風の便りに死んだと聞いている。
だとしたら、佐吉は女房を貰ったのか……。
勇次は読んだ。
僅かな刻が過ぎ、腰高障子が開いた。
勇次は、素早く物陰に隠れた。
若い女が、盥《たらい》の水を戸口の外に棄てて腰高障子を閉めた。
女房か……。
勇次は眉をひそめた。
行燈の明かりは、酒を手酌で飲む幸吉を照らしていた。
幸吉の前には、膳がもう一つ仕度されていた。
「親分、勇次です」

障子の外に勇次の声がした。

「入んな……」

「はい……」

勇次が、障子を開けて入って来た。

「ま、一杯やりな……」

幸吉は、もう一つの膳を勧めた。

「はい……」

勇次は、もう一つの膳の前に座った。

幸吉は徳利《とっくり》を差し出した。

「こいつは畏《おそ》れ入ります」

勇次は、猪口《ちょこ》に酒を注いで貰い、幸吉に酌を返した。

「戴きます」

「うん……」

幸吉と勇次は酒を飲んだ。

「佐吉、知っているのか……」

幸吉は尋ねた。

親分は、居酒屋の亭主に佐吉の事を訊いたのだ……。

勇次は読んだ。

「はい。幼馴染《おさななじみ》です」

「幼馴染か……」

「はい。一緒に寺子屋に通って、一緒に遊び廻って、一緒に悪戯《いたずら》をして。で、十歳の時に父親を亡くし、おっ母さんと長屋から引っ越して行きまして。それっきり、逢っちゃあいなかったんですが……」

勇次は、手酌で酒を飲んだ。

「佐吉は大工になっていたか……」

「はい。そして、元浜町の路地奥の家で若い女と所帯を持っているようです」

「若い女と所帯をな……」

「はい。親分……」

勇次は、猪口を膳に置いた。

「何か気になる事でもあるのか……」

幸吉は、勇次の胸の内を読んだ。

「はい。佐吉は大人しくて真面目な奴でした。あんな浪人や遊び人と喧嘩をしたり、暗い眼をするような奴じゃありませんでした。それなのに……」

勇次は眉をひそめた。

「勇次、人は変わる。いつ迄も子供じゃあないさ……」

幸吉は、手酌で酒を飲んだ。

「それは、分かっています」

勇次は、幸吉を見詰めて告げた。

「だったら良いだろう。気の済む迄、調べてみるんだな……」

幸吉は許し、酒を飲んだ。


早朝。

浜町堀には荷船が行き交う。

勇次は、元浜町の木戸番を訪れた。

老木戸番の利平《りへい》は、前夜の亥《い》の刻四つ（午後十時）に閉めた木戸を既に開けていた。

「利平の父っつあん……」

勇次は、顔馴染の老木戸番の利平に声を掛けた。

「おう。勇次、早いじゃあねえか……」

老木戸番の利平は、戸惑いを浮かべた。

「ちょいと訊きたい事がありましてね」

「ま、入んな。茶を淹《い》れるよ」

老木戸番の利平は、勇次を木戸番屋の中に誘った。


利平は、勇次に茶を差し出した。

「戴きます」

勇次は飲んだ。

「で、訊きたい事ってのはなんだい……」

「はい。裏通りの路地奥に住んでいる佐吉って大工、知っていますか……」

勇次は訊いた。

「ああ。大工の佐吉なら知っているよ。真面目な働き者で腕の良い大工だぜ」

「そうですか。で、所帯を持っているんですか……」

「ああ。かれこれ一年前だったかな。おゆみっておかみさんと路地奥の家に越して来たんだよ」

「おゆみ……」

勇次は、帰った佐吉が手足を洗った水を棄てた若い女を思い浮かべた。

「うん。路地奥の家は、大工大松《だいまつ》の棟梁の持ち家でな。所帯を持った弟子の佐吉を住わせたんだぜ」

「そうですか……」

大工『大松』は江戸でも名高く、老棟梁の松五郎《まつごろう》が神田連雀町《れんじやくちょう》に店と作業場を構えていた。

幼馴染の佐吉は、大工『大松』の大工で女房のおゆみと棟梁松五郎の持ち家で暮らしていた。

勇次は知った。

開けられた木戸には、仕事に行く者たちが行き交い始めた。

路地奥の家の腰高障子が開き、道具箱を担いだ佐吉が出て来た。

「じゃあ、行ってくる」

「待って、お前さん……」

女房のおゆみは、小さな風呂敷包みを持って追って現れた。

「お弁当ですよ」

おゆみは、小さな風呂敷包みを佐吉に差し出した。

「ああ。じゃあ……」

佐吉は、弁当の包みを受け取って足早に裏通りに向かった。

「気を付けて……」

おゆみは見送った。

佐吉は、道具箱を担いで裏通りを浜町堀沿いの道に向かった。

その眼は暗かった。

勇次は、慎重に尾行を開始した。


南町奉行所吟味方与力秋山久蔵は、用部屋に定町廻り同心の神崎和馬と柳橋の幸吉を呼んだ。

「お呼びですか……」

和馬と幸吉は、久蔵の用部屋に現れた。

「うむ。実はな、神田鍛冶町《かじちょう》の京屋《きょうや》って扇屋の旦那の伊右衛門《いえもん》が来てな」

「扇屋の京屋と云えば、江戸でも名高い扇屋ですね……」

和馬は、神田鍛冶町の扇屋『京屋』を知っていた。

「うむ。で、伊右衛門の話では、京屋の金蔵が秘かに破られているかもしれないそうだ」

久蔵は告げた。

「金蔵が破られているかもしれない……」

和馬は眉をひそめた。

「秋山さま、かもしれないとは、どう云う事でしょうか……」

幸吉は、厳しさを滲ませた。

「うむ。伊右衛門によると金蔵の五十両程の金が無くなっていて、時々、帳簿が合わない時があるそうだ」

「五十両の金が……」

幸吉は眉をひそめた。

「ああ……」

「盗賊が押込んだり、忍び込んだ形跡は……」

和馬は訊いた。

「そいつは店の中にも外にも一切ないと、伊右衛門は云っている……」

「では、金蔵の鍵は……」

「主の伊右衛門が持っている鍵と老番頭の善蔵《ぜんぞう》が預かっている鍵の二つあるそうだが、どちらもなくなったりしちゃあいない」

「では、店の誰かが秘かに合鍵を作っての仕業では……」

和馬は読んだ。

「そいつなのだが、京屋の主の伊右衛門には内儀、倅《せがれ》と娘、隠居の四人の家族がおり、奉公人は通いの老番頭の善蔵の他に見習番頭と住込みの手代が二人、小僧が二人、女中が四人いるそうだが、皆、素性のはっきりした者たちで、妙な真似をする者はいないとな」

「そうですか……」

「ですが、五十両程の金が時々無くなっており、帳尻が合いませんか……」

「ああ……」

「五十両の金が勝手に何処かに行く筈もなく、妙な話ですね」

和馬は首を捻った。

「うむ。そこでだ、和馬、柳橋の、ちょいと扇屋京屋に行ってくれ」

久蔵は命じた。

神田連雀町は、神田八ツ小路の近くにある町だ。

道具箱を担いだ佐吉は、連雀町にある大工『大松』の店に入った。

勇次は見届けた。

大工『大松』は店の隣に作業場があり、修業中の若い大工や見習たちが、棟梁松五郎の指示で材木を切り、鉋《かんな》を掛け、鑿《のみ》などを使っていた。

勇次は、下働きの老爺《ろうや》に小粒を握らせて聞き込みを掛けた。

棟梁の松五郎は、腕の良い古い弟子を頭にした組を作らせ、幾つかの普請《ふしん》を同時に引き受けていた。

松五郎は、未だ若い佐吉に御贔屓《ごひいき》客の注文に応じた仕事をさせていた。

佐吉は、棟梁の松五郎と図面を見ながら何事かを打ち合わせをし、道具箱を担いで大工『大松』を出て神田八ツ小路に向かった。

勇次は尾行た。

神田鍛冶町の扇屋『京屋』の店内には、金地を始めとした豪華絢爛《けんらん》な舞扇《まいおうぎ》、能扇、祝儀扇《しゅうぎせん》、茶扇《ちゃせん》などが飾られていた。

京扇は、扇骨《せんこつ》、上絵、折り、仕上げなど十人以上の職人の手を経て出来ている。和馬と幸吉は、手先を勤める新八と清吉に扇屋『京屋』の評判や奉公人についての聞き込みを掛けさせ、暖簾を潜った。


老番頭の善蔵は、和馬と幸吉を座敷に通して旦那の伊右衛門を呼びに走った。

座敷は、通りの喧噪《けんそう》を余所《よそ》に静かだった。

和馬と幸吉は、出された茶を飲みながら旦那の伊右衛門が来るのを待った。

「落ち着いた店ですね」

「うん。俺たちを見ても奉公人たちに浮き足だった気配はないな……」

「ええ……」

幸吉は、和馬の睨みに頷いた。

「お待たせ致しました。主の伊右衛門にございます」

老番頭の善蔵が、痩せた初老の伊右衛門を連れて来た。

「扇屋京屋伊右衛門にございます」

伊右衛門は、和馬と幸吉に挨拶をした。

「私は南町奉行所の神崎和馬。こっちは岡っ引の柳橋の幸吉だ」

和馬は、己と幸吉の名を告げた。

「神崎さまに幸吉親分さんですか、此の度は御世話になります」

伊右衛門は頭を下げた。

「いや。秋山さまに聞いたが、時々金蔵から五十両程の金がなくなるそうだな」

「はい。鍵は二つあり、此の通り、手前と善蔵がいつも肌身離さず持っております」

伊右衛門と善蔵は、それぞれが持っている鍵を出して見せた。

二本の鍵は大きさも形も同じ物だった。

「金蔵の鍵は、此の二本だけですね」

幸吉は念を押した。

「はい……」

番頭の善蔵は頷いた。

「で、金蔵は……」

和馬は訊いた。

「御案内致します」

伊右衛門は立ち上がった。

扇屋『京屋』の金蔵は、店と母屋の間にあった。

「此方です……」

善蔵は、板戸を開けた。

板戸の中には格子戸があり、錠前が掛けられていた。

「番頭さん……」

伊右衛門は、善蔵に金蔵の錠前を開けるように促した。

「はい……」

善蔵は、鍵を使って金蔵の格子戸の錠前を外した。

伊右衛門は、格子戸を開けた。

善蔵は明かりを灯した。

金蔵は四畳半程の広さであり、小判の入った幾つかの金箱と桐箱に入った骨董品や仏像などが入れられていた。

和馬と幸吉は金蔵に入り、床や天井、板壁などを調べた。

「床下には大きな石が敷き詰められ、掘る事は出来ません。天井の裏には鉄の板が張られ、壁は二重の板壁で隙間も節穴もありません」

伊右衛門は告げた。

和馬と幸吉は、金蔵の中を調べた。

金蔵の天井、床下、板壁は伊右衛門の云う通り頑丈で隙間風の吹き抜ける隙間もなかった。

「此の金蔵、造ったのはいつですか……」

幸吉は尋ねた。

「十年程前ですが、一年前に板壁の修繕をしています」

伊右衛門は告げた。

「一年前に板壁の修繕をね……」

幸吉は、板壁を掌《てのひら》で叩いた。

板壁は重く感じられた。

「ええ……」

伊右衛門は頷いた。

「そうですか……」

「柳橋の……」

「見た処、変わった処はありませんね」

幸吉は、金蔵の中を見廻した。

「うむ……」

不審な処はない……。

和馬と幸吉は見定めた。


不忍池《しのばずのいけ》の中ノ島弁財天は、参拝客で賑わっていた。

佐吉は、不忍池の畔《ほとり》、茅町《かやちよう》二丁目の片隅にある瀟洒《しようしや》な家に入った。

勇次は見届けた。

佐吉の今日の仕事場か……。

勇次は、瀟洒な家を眺めた。

佐吉は、材木の積まれた庭先に現れ、濡れ縁の改築を始めた。

慎重で丁寧な仕事振りだった。

佐吉だ……。

それは、勇次に子供の頃の佐吉を思い出させた。

行く末を期待され、おゆみと所帯を持った佐吉が、どうして地廻りたちと喧嘩をしたり、暗い眼をするのか……。

佐吉は暫《しばら》く動かない……。

勇次は睨み、来た道を戻った。

二

扇屋『京屋』は繁盛していた。

和馬と幸吉は、斜向《はすむか》いの蕎麦屋《そばや》の二階の座敷に上がった。そして、酒を飲みながら窓から扇屋『京屋』を眺めた。

聞き込みを終えて来た新八と清吉は、蕎麦を手繰って腹拵《はらごしら》えをしていた。

「あの金蔵、忍び込むのは中々難しいですね」

「ああ。匕首でも突き付けて戸を開けさせない限り、入るのは無理だな」

「となると、やはり誰かが秘かに合鍵を作って忍び込んでいるんですかね」

「うむ……」

和馬は、手酌で酒を飲んだ。

「ですが親分、近所の人にそれとなく聞き込んだのですが、京屋の奉公人たちは、番頭の善蔵さんを始め、皆素性のはっきりした真面目な人ばかりだそうですぜ」

新八は、蕎麦を食べ終えた。

「あっしの聞き込みでも、今の処は奉公人に怪しい者は浮かんでいません」

清吉は告げた。

「そうか……」

「ま、暫く奉公人や出入りの商人を見張ってみるしかあるまい……」

和馬は、扇屋『京屋』を眺めた。

「ええ……」

幸吉は頷いた。


浜町堀には、船の櫓の軋みが響いていた。

勇次は元浜町に戻り、裏通りの路地奥にある佐吉の家を窺った。

佐吉の家には、女房のおゆみがいる筈だ。

おゆみに尋ねれば、佐吉の事が何か分かるかもしれない。

だが、おゆみがどんな女かも分からないまま、不用意に尋ねる訳にはいかない。

勇次は、佐吉とおゆみ夫婦に就いてそれとなく聞き込みを掛ける事にした。

裏通りには荒物屋があり、老婆が居眠りをしながら店番をしていた。

よし……。

勇次は、荒物屋を訪れた。

「邪魔するぜ」

「いらっしゃい……」

店番の老婆は眼を覚まし、久し振りの客なのか嬉しそうに勇次を迎えた。

「やあ。婆さん、ちょいと訊きたい事があるんだがね」

勇次は、老婆に素早く小粒を握らせた。

「あら、ま……」

老婆は、嬉しそうに小粒を握り締めた。

「で、なんだい……」

老婆は、勇次に笑い掛けた。

「向かいの路地の奥に大工の佐吉とおゆみって夫婦が暮らしているが、知っているかな」

勇次は訊いた。

「お前さんは……」

老婆は、勇次を見直した。

「佐吉の餓鬼の頃からの馴染だ……」

「本当かい……」

「ああ……」

勇次は苦笑した。

「で、なんだい……」

老婆は、握らされた小粒を胸元に入れた。

「夫婦仲、どうなんだい……」

勇次は訊いた。

「うん。一年前に越して来た頃は、所帯を持ったばかりだからか随分と仲が良かったよ」

「じゃあ、今は……」

「そりゃあ、一年も経てば熱も冷めるだろうけど、夫婦仲はまあまあじゃあないのかな」

老婆は首を捻った。

「そうか。で、女房のおゆみさん、どんな人かな……」

「女房のおゆみちゃんかい……」

「うん……」

「おゆみちゃんは、仕立物の内職なんかもしていてね。器量も気立ても良い人だよ」

「へえ……」

「ええ。誰にでも親切でね」

「そうなんだ……」

「あら、噂をすれば何とやらだ……」

老婆は、風呂敷包みを抱えたおゆみが、向かいの路地から出て来るのを示した。

おゆみは、老婆に笑顔で会釈をして出掛けて行った。

老婆は、手を振って見送った。

「何処に行くのかな……」

「風呂敷包みが仕立てた着物なら、呉服屋だろうね」

「そうか。じゃあ又、来るよ……」

勇次は、おゆみを追った。

和馬と幸吉は、蕎麦屋の二階の座敷から斜向いに見える扇屋『京屋』を見張った。

扇屋『京屋』には、能役者や踊りの師匠らしき客が訪れていた。

「柳橋の、そう云えば勇次はどうした。具合でも悪いのか……」

和馬は、扇屋『京屋』を見ながら尋ねた。

「いえ。ちょいと幼馴染の大工の事で……」

「幼馴染の大工……」

「ええ……」

「幼馴染の大工がどうかしたのか……」

「はい……」

幸吉は、不意に言葉を飲んだ。

「どうした。柳橋の……」

「和馬の旦那、大工は何処の誰なんですかね」

幸吉は眉をひそめた。

「大工。大工って勇次の幼馴染なんだろう」

和馬は戸惑った。

「いえ。一年前に京屋の金蔵の板壁を修繕した大工ですよ」

幸吉は告げた。

「金蔵の板壁の修繕をした大工か……」

和馬は眉をひそめた。

「ええ……」

幸吉は頷いた。

「そうか。よし、京屋に行ってみよう」

和馬は立ち上がった。


「一年前、金蔵の板壁の修繕をした大工ですか……」

老番頭の善蔵は、戸惑いを浮かべた。

「うむ。何処の何て大工だ」

和馬は尋ねた。

「は、はい。修繕してくれた大工は、大工大松の……」

「大工大松の……」

和馬と幸吉は、善蔵の次の言葉を待った。

「確か、久助《きゅうすけ》さんって名前だったと思いますが、はっきりとは……」

善蔵は、申し訳なさそうに告げた。

「大工大松の久助か……」

和馬は念を押した。

「きっと……」

「じゃあ番頭さん、金蔵の修繕した板壁ってのを見せてくれませんか……」

幸吉は頼んだ。


和馬と幸吉は、善蔵に誘われて裏庭に入り金蔵の外に廻った。

「此処ですが……」

善蔵は、風雨に晒された板壁を示した。

「此処が修繕した板壁ですか……」

幸吉は、腰板の上に貼られたがっしりとした板壁を眺めた。

「はい。此処一面の壁を二重にして張り替えたのです」

「此の壁をな……」

和馬は、腰板の上の板壁を押した。

板壁は微動だにしなかった。

「動く訳はないか……」

和馬は苦笑した。

「処で番頭さん、金蔵から金が無くなり始めたのは、いつ頃からでしたか……」

幸吉は尋ねた。

「気が付いたのは半年程前からですが、ひょっとしたら、それ以前からだったのかもしれません」

善蔵は眉をひそめた。

「そうですか……」

「よし、幸吉、大工大松の久助だ……」

和馬は、板壁を修繕した大工『大松』の久助に逢う事にした。


日本橋室町《むろまち》の呉服屋は客で賑わっていた。

勇次は、外から店内を窺った。

おゆみは、店の帳場で仕立てあがった着物を番頭に見せていた。

勇次は見守った。

番頭は、仕立てあがった着物を検め、おゆみに笑みを浮かべて頷いて見せた。

おゆみは、安堵の微笑みを浮かべた。

番頭は、おゆみに仕立て代と次に仕立てる反物《たんもの》を渡し、何事かを告げ始めた。

おゆみは次の仕事を頼まれた……。

勇次は、何故か微かな安堵を覚えた。


呉服屋を出たおゆみは、室町三丁目の浮世小路に進んだ。

浮世小路は西堀留川沿いに続き、東堀留川の傍を抜けて人形町、浜町堀に出る。

真っ直ぐ元浜町の家に帰るのか……。

勇次は尾行た。

おゆみは、西堀留川に架かっている雲母橋《きらずばし》と道浄橋の袂を抜け、小舟町一丁目の角を曲がった。

真っ直ぐ家に帰らない……。

勇次は戸惑った。

おゆみは、小舟町一丁目の西堀留川沿いを進んで裏通りに入った。

何処に行くのだ……。

勇次は眉をひそめた。

小舟町一丁目の裏通りには、物売りの声が長閑《のどか》に響いていた。

おゆみは、裏通りを進んで板塀に囲まれた仕舞屋《しもたや》の前に立ち止まった。

勇次は、物陰に潜んだ。

おゆみは、板塀に囲まれた仕舞屋を窺った。

知り合いの家か……。

勇次は見守った。

おゆみは、厳しい面持ちで窺った。

僅かな刻が過ぎた。

仕舞屋を囲む板塀の木戸が開き、羽織を着た背の高い男が現れた。

おゆみは、慌てて傍らにあった用水桶の陰に隠れた。

勇次は緊張した。

羽織を着た背の高い男は、用水桶の陰に隠れたおゆみに気が付かず、足早に表通りに向かった。

おゆみは、怯えたような眼差しで見送った。

背の高い男は誰だ……。

おゆみとどんな拘《かかわ》りなのだ……。

勇次は、思いを巡らせた。

羽織を着た背の高い男は、表通りに曲がって消えた。

おゆみは、小さな吐息を洩らし、用水桶の傍を離れて表通りに向かった。

重い足取りだ……。

勇次は、おゆみを追った。


扇屋『京屋』と神田連雀町にある大工『大松』は近い。

和馬と幸吉は、大工『大松』の店を訪れた。

大工『大松』の棟梁松五郎は、活気に溢《あふ》れている作業場にいた。

松五郎の老妻は、作業場から松五郎を呼んで来た。

「あっしが大松の松五郎ですが……」

松五郎は、町奉行所同心と岡っ引きが訪れたのに戸惑いを浮かべた。

「やあ、忙しいのに済まないね。私は南町奉行所の神崎和馬、こっちは岡っ引の柳橋の幸吉だ」

和馬は名乗り、幸吉を引き合わせた。

「はい。それで何か……」

「うむ。一年前、神田鍛冶町の扇屋京屋の金蔵の板壁修繕を引き受けたね」

「はい。左様にございますが……」

松五郎は頷いた。

「その時の大工は誰かな……」

和馬は尋ねた。

「大工ですか……」

「うん」

「大工は久助と申す者ですが……」

「やはり、久助か……」

「あの、久助が何か……」

松五郎は、微かな不安を過らせた。

「うん。久助は今、何処にいるかな……」

和馬は、厳しさを滲ませた。

「それが、久助はその後、いろいろと不始末を起こしまして、破門の上、大工大松から追い出しました」

「追い出した……」

和馬は眉をひそめた。

「はい。かれこれ一年程前になりますか……」

「松五郎の棟梁、久助はどんな不始末をしたんですか……」

幸吉は尋ねた。

「そいつが、酒と博奕《ばくち》に現《うつつ》を抜かしましてね」

「酒と博奕……」

「ええ。自分だけが現を抜かすのなら未だしも、若い連中を引き込みましてね。

それで……」

「破門しましたか……」

「ええ。神崎の旦那、柳橋の親分、久助の修繕した京屋さんの金蔵、何かあったのですか」

松五郎は不安を募らせた。

「うん。それなんだがね。金蔵から時々、金が無くなるそうなんだよ」

和馬は告げた。

「時々、金が無くなる……」

「うむ……」

「旦那、京屋さんの金蔵は床下に石が敷き詰められ、天井裏には鉄の板が張られ、板壁は二重の頑丈な物です。錠前を壊すか、合鍵を使わない限りは……」

「だが、錠前が壊されてはおらず、合鍵を使った形跡もないんだな」

「それで板壁を修繕した久助でしたか……」

「ああ。修繕した時、何か気が付かなかったか、気になる事はなかったか。ちょいと訊きたくてね」

「そうでしたか。ですが、生憎《あいにく》、久助は……」

「じゃあ、久助の住まいは何処ですか……」

「うちにいた頃は、近くの長屋に住んでいましたが、追い出してからは何処に行っちまったのか……」

「姿を消してしまいましたか……」

「ええ。久助、腕が良く、そろそろ組の頭にして、やがては暖簾分けして棟梁にしようと思っていたのですがね」

松五郎は、腹立たしげに吐き棄てた。

「松五郎の棟梁、久助が此処にいた時、親しくしていた者はいませんかい……」

「親しくしていた者ですか……」

「ええ。誰かいませんでしたか……」

「さあ、誰とでも親しくしていましたが、取り立てて親しかった者は……」

松五郎は首を捻った。

「分かりませんか……」

「ええ……」

松五郎は頷いた。


「どう思う……」

和馬は、大工『大松』を振り返った。

「久助、何かありそうですね」

「やっぱりな……」

「ええ。久助、大工大松を破門されたとなると、もう大工はしていないでしょう」

幸吉は読んだ。

「よし。久助を捜してみるか……」

「はい……」

幸吉は頷いた。


元浜町の裏通りは西日に照らされた。

おゆみは、路地奥の家に戻り、再び出掛ける気配は窺えなかった。

よし……。

勇次は、おゆみの見張りを解き、佐吉が仕事をしている不忍池の畔の家に急いだ。


夕陽は不忍池に映えた。

勇次は、茅町二丁目の不忍池の畔にある瀟洒な家の庭先を窺った。

濡れ縁の改築は進み、今日の仕事は終わっていた。

佐吉は、瀟洒な家の主らしき年寄りと縁側で茶を飲みながら話をしていた。

勇次は見守った。

やがて、佐吉は年寄りに深々と頭を下げて瀟洒な家を出た。

佐吉は真っ直ぐ元浜町の家に帰るのか……。

それとも、連雀町の大工『大松』の店に寄るのか……。

勇次は、道具箱を担いで不忍池の畔を足早に行く佐吉を追った。

佐吉は、不忍池の畔から明神下の通りに進んだ。

昌平橋から神田八ツ小路に抜けるのか……。

勇次は、佐吉を追った。

町は夕陽に覆われ、人々は仕事を終えて家路を急いでいた。


幸吉は、新八と清吉に扇屋『京屋』を見張らせ、元大工の久助を捜す事にした。

久助は、酒と博奕に現を抜かして大工『大松』を破門された。

おそらく今でも酒と博奕は止めていない筈だ……。

幸吉は、老練な雲海坊と由松を呼び、博奕打ちを当たらせた。

雲海坊と由松は、それぞれの伝手《つて》を辿って博奕打ちを当り、大工崩れの久助を捜し始めた。

大工『大松』は、その日の仕事を終え、若い大工や見習の者たちは湯屋に行ったりしていた。

「そうか、茅町の御隠居の家の濡れ縁の改築明日で終わるか……」

棟梁の松五郎は、佐吉の報告に頷いた。

「はい……」

「御苦労だったな。じゃあ、二、三日休んで茂松《しげまつ》の組の助っ人を頼むぜ」

「茂松の兄貴の普請ですか……」

「ああ。ちょいと手間取っていてな」

「分かりました……」

佐吉は頷いた。

「それから佐吉……」

「はい……」

「久助、今、何処で何をしているか知っているか……」

松五郎は尋ねた。

「久助の兄貴……」

佐吉は眉をひそめた。

「ああ……」

「いえ。知りませんが、久助の兄貴がどうかしましたか……」

「うん。昼間、町方同心の旦那と岡っ引の親分が来てな」

「久助の兄貴、何かしたんですか……」

「うむ。久助が修繕した扇屋京屋さんの金蔵から時々、金が無くなるそうでな。久助にいろいろ訊きたいそうだ」

松五郎は眉をひそめた。

「京屋さんの金蔵……」

佐吉は、微かな緊張を滲ませた。

三

佐吉は、大工『大松』を出て神田須田町に入り、浜町堀の方に向かった。

大工『大松』の外で待っていた勇次は追った。

元浜町の家に帰るのか……。

勇次は尾行た。

佐吉は、玉池稲荷《たまいけいなり》の傍を抜けて神田堀に進んだ。
神田堀は浜町堀に続いている。
佐吉はおゆみの待つ元浜町の家に帰る……。
勇次は、何故か安堵を覚えた。
羽織を着た背の高い男が勇次を追い抜き、佐吉を呼び止めた。
佐吉は立ち止まった。
勇次は、咄嗟に用水桶の陰に入った。
どうした……。
勇次は用水桶の陰に潜み、夕暮れ時の薄暗さを透かし見た。
佐吉は、羽織を着た背の高い男と言葉を交わしていた。
昼間、おゆみが立ち寄った小舟町の仕舞屋に住む羽織を着た背の高い男だった。
勇次は気が付いた。
佐吉と羽織を着た背の高い男は、連れ立って神田堀の傍にある古い居酒屋に入った。
誰なのだ……。
勇次は、古い居酒屋に駆け寄り、店内の様子を窺った。

古い居酒屋の店内には数人の客がおり、佐吉と羽織を着た背の高い男は奥で酒を飲み始めていた。

よし……。

勇次は、古い居酒屋の暖簾を潜った。


「いらっしゃい……」

勇次は、若い衆に迎えられて戸口の近くに座り、酒と肴《さかな》を頼んだ。そして、奥にいる佐吉と羽織を着た背の高い男を窺った。

羽織を着た背の高い男は、佐吉に酒を勧めながら頻《しき》りに話し掛けていた。

佐吉は、酒を飲みながら黙って話を聞いていた。

気乗りのしない話なのか……。

勇次は、佐吉の胸の内を読んだ。

「お待ちどおさま……」

若い衆が、勇次に酒と肴を持って来た。

「おう。兄い、あの奥にいる羽織を着た人は清兵衛《せいべえ》さんかな……」

勇次は、若い衆に何げなく尋ねた。

「違いますよ」

「違う……」

「ええ。彼奴は博奕打ちの久助ですよ」

「何だ、清兵衛さんじゃないのか、造作を掛けたね」

「いいえ。じゃあ、ごゆっくり……」

若い衆は、他の客の許に行った。

博奕打ちの久助……。

勇次は、佐吉と一緒にいる羽織を着た背の高い男の名を知った。

博奕打ちの久助と佐吉おゆみ夫婦は、どんな拘りがあるのだ……。

勇次は眉をひそめた。

古い居酒屋は賑わった。


神田明神門前の盛り場は、酔客と客を引く酌婦で賑わっていた。

由松は、顔見知りの博奕打ちたちに久助と云う名の大工崩れの博奕打ちを知らないか尋ね歩いた。

久助を知っている博奕打ちは、容易に見付からなかった。

由松は、久助を捜した。

神田川沿いの柳原通《やなぎわらどお》りは暗く、人通りは途絶えていた。

雲海坊は、柳原通りの途中にある柳森稲荷《やなぎもりいなり》に進んだ。

柳森稲荷の鳥居の前には、葦簀《よしず》張りの飲み屋があった。

雲海坊は、饅頭笠を脱ぎながら葦簀張りの飲み屋に入った。

「こりゃあ、雲海坊さん……」

葦簀張りの屋台に客はいなく、親父は親し気に雲海坊を迎えた。

「やあ。酒を貰おうか……」

雲海坊は、酒を注文した。

「へい。今日のお勤めはもう終わりですかい」

親父は、雲海坊の素性を知っていた。

「まあな……」

雲海坊は苦笑し、親父の差し出した湯呑茶碗の酒を飲んだ。

「美味《うま》い……」

酒は、無駄骨に終わった聞き込みの疲れを癒してくれた。

「そいつは良かった……」

「処で、久助って大工崩れの博奕打ちを捜しているんだが、知らないかな……」

「博奕打ちの久助……」

親父は眉をひそめた。

「ああ……」

「大工崩れかどうかは知りませんが、久助って博奕打ちの名前は聞いた事がありますぜ」

親父は告げた。

「聞いた事がある……」

「ええ。いつだったか、馴染みの三下が話していましてね」

「何を……」

「久助って博奕打ちは、金蔓《かねづる》を握っているようだって……」

「金蔓……」

雲海坊は眉をひそめた。

「ええ……」

親父は頷いた。

「他には……」

「それだけですぜ……」

「よし。じゃあ、その話をしていた馴染みの三下ってのがどこの誰か教えて貰おうか……」

雲海坊は笑い掛けた。

浜町堀の緩やかな流れには、屋根船の明かりが映えていた。

佐吉は、古い居酒屋で博奕打ちの久助と別れた。

久助は薄く笑い、親し気に佐吉の肩を叩いて立ち去った。

佐吉は、久助を見送り、苛立《いらだ》ったように石ころを蹴り飛ばした。

石ころは神田堀に飛び、水飛沫《みずしぶき》を上げた。

佐吉は溜息を吐き、道具箱を担いで浜町堀に進んだ。

久助を嫌っている……。

勇次は、佐吉の腹の内を読んだ。

佐吉は、道具箱を担いで浜町堀沿いを元浜町に向かった。そして、元浜町の裏通りに進んだ。

今度こそ、おゆみの待つ家に帰る……。
勇次は睨んだ。
佐吉は、裏通りから路地に入った。
奥の小さな家には明かりが灯されていた。
佐吉は、明かりの灯されている小さな家に入った。
勇次は安堵した。
夜廻りの木戸番の打つ拍子木の音が甲高く響いた。
老木戸番の利平だ……。
勇次は、引き上げる事にした。

佐吉は不忍池の畔にある家の濡れ縁改築に赴き、おゆみは内職の仕立物に励んだ。
勇次は、佐吉おゆみ夫婦を見守った。
佐吉とおゆみの夫婦仲は、余りしっくりいっていないようだ。
勇次は感じた。
何故だ……。

勇次は思いを巡らせた。

博奕打ちの久助……。

勇次の勘が囁いた。

佐吉は嫌い、おゆみは怯えている……。

博奕打ちの久助は、佐吉とおゆみ夫婦とどんな拘りがあるのか……。

勇次は、博奕打ちの久助が気になった。


下谷《したや》広小路は幾つもの町に囲まれ、東叡山寛永寺《とうえいざんかんえいじ》や不忍池弁財天の参拝客が行き交っていた。

雲海坊と幸吉は、上野元黒門町《もとくろもんちょう》の博奕打ちの貸元彦六《ひころく》の店を眺めた。

「その金八《きんぱち》って三下、博奕打ちの貸元元黒門町の彦六の処の若い者なんだな」

幸吉は念を押した。

「ああ。博奕打ちの久助は金蔓を握っているそうだ。尤も大工崩れの久助かどうかは分からないそうだがな」

「ま、違うかもしれないが、訊いてみるか……」

「ああ……」

雲海坊は、元黒門町の彦六の店に向かった。

幸吉は続いた。


「邪魔するよ……」

雲海坊と幸吉は、元黒門町の彦六の店に入った。

「こいつはお坊さん……」

掃除をしていた二人の三下は戸惑った。

「やあ。金八って若い衆はいるかな……」

雲海坊は、葦簀張りの飲み屋の親父に聞いた三下の名前を告げた。

「へ、へい。金八はあっしですが……」

三下の一人は、箒を手にしたまま進み出た。

「お前さんが金八かい……」

「ええ。何か……」

「うん。博奕打ちの久助、知っているね」

「久助……」

「ああ。金蔓を握っている久助だよ」

三下の金八は、思い出して頷いた。

「その久助、大工崩れかな……」

幸吉は訊いた。

「ええ。博奕に夢中になって大工の棟梁に破門されたって聞いていますが……」

金八は、戸惑いを浮かべた。

突き止めた……。

雲海坊と幸吉は、顔を見合わせた。

大工崩れの博奕打ちの久助を知っている者を漸く見付けたのだ。

「で、その久助、何処に住んでいるんだい」

幸吉は、金八を見据えた。

「お前さんたち。何処の誰だい……」

肥った初老の男が、浪人を従えて奥から出て来た。

「やあ。お前さんが貸元の彦六さんかい……」

幸吉は、肥った初老の男に笑い掛けた。

「そうだが、お前さんたちは……」

「ああ……」

肥った初老の彦六は頷き、幸吉と雲海坊に険しい眼を向けた。

「俺は柳橋の幸吉って者だ」

幸吉は、懐の十手を見せた。

「こりゃあ、柳橋の親分さんでしたかい……」

彦六は、険しさを一瞬で消し、嘲るような笑みを浮かべた。

「ああ。で、大工崩れの博奕打ちの久助の家は何処かな」

「親分、そいつは……」

彦六は、薄笑いを浮かべて遮《さえぎ》った。

「云えねえってのかい……」

幸吉は、彦六を厳しく見据えた。

「ええ。まあ……」

彦六は、言葉を濁した。

「じゃあ彦六、大番屋に来て貰おうか……」

幸吉は、懐から十手を出した。

浪人が、彦六を庇《かば》うように前に出た。

刹那、雲海坊が錫杖を鋭く突き出した。

錫杖の鐶《かん》が短く鳴った。

浪人は、錫杖の石突《いしづき》で腹を突かれ、苦しく呻《うめ》いて土間に転げ落ちた。

「嘗《な》めた真似をしたら、次は弔《とむら》いの経を読んでやるぜ」

雲海坊は、冷たく云い放った。

彦六と金八たち三下は怯《ひる》んだ。

「大工崩れの博奕打ち久助の家は何処だ……」

幸吉は、彦六の胸倉を鷲摑《わしづか》みにして框《かまち》から引き摺《ず》り降ろした。


西堀留川は鈍色《にびいろ》に輝いていた。

勇次は、中ノ橋の上から板塀に囲まれた仕舞屋を眺めた。

板塀に囲まれた仕舞屋は、出入りをする者もいなく静かだった。

勇次は、石を拾って板塀越しに投げ込んだ。

石は板壁に当たり、音を立てた。

久助が出て来るか……。

勇次は、中ノ橋の袂から見張った。

久助は出て来ない。

留守なのだ。

勇次は見定めた。

よし……。

勇次は、小舟町の木戸番屋に走った。


「博奕打ちの久助……」

小舟町の木戸番は眉をひそめた。

「ええ。どんな奴ですか……」

「聞く処によると、大工大松を破門された奴だそうだよ」

木戸番は苦笑した。

「大工大松を破門された……」

久助は、大工崩れの博奕打ちで年格好から見て佐吉の兄弟子だったのだ。

勇次は知った。

「ああ。で、博奕打ちとしての腕はからっきしだと専《もっぱ》らの噂だよ」

木戸番は苦笑した。

「へえ。それにしては、住まいは板塀を廻した仕舞屋ですよ。情婦《おんな》とでも一緒に暮らしているんですか……」

「そいつが、飯炊き婆さんもいない一人暮らしでね。何故だか金廻りは良いようだね」

木戸番は首を捻った。

久助は博奕打ちとしての腕は悪いが、何故か金廻りは良いようだ。

裏に何かがある……。

勇次は睨んだ。


「此処だな……」

雲海坊は、板塀に囲まれた久助の家を眺めた。

「ああ。半端な博奕打ちが板塀を廻した仕舞屋とはな……」

幸吉は苦笑した。

「おそらく金蔓があっての事だぜ」

雲海坊は睨んだ。

「ああ。久助の金蔓。京屋の金蔵から無くなっている金かもな」

幸吉は読んだ。

「うん……」

「よし。当たってみよう」

幸吉は、板塀の木戸門を入り、仕舞屋の格子戸を叩いた。

仕舞屋から返事はなかった。

「久助、留守かな……」

「庭先に廻ってみます」

雲海坊は庭先に廻った。

「うん。久助、いるか、久助……」

幸吉は、尚《なお》も格子戸を叩いた。

だが、やはり仕舞屋から返事はなかった。

「親分じゃありませんか……」

勇次の怪訝《けげん》な声がした。

幸吉は振り返った。

勇次が、怪訝な面持ちで木戸門から入って来た。

「勇次、何をしているんだ」

「久助にちょいと用がありましてね」

「俺もだが、久助は留守のようだ」

「未だ帰っていませんか……」

「ああ。勇次、久助に用ってのは、幼馴染の大工佐吉に拘りあるのか……」

幸吉は読んだ。

「は、はい……」

勇次は、戸惑いを浮かべて頷いた。

「勇次、佐吉は大松の大工なのか……」

「はい。親分、久助、何をしたんですか……」

勇次は眉をひそめた。

「勇次、ひょっとしたら、お前の幼馴染の佐吉、俺たちの追っている一件に拘りがあるかもしれない……」

幸吉は睨んだ。

幸吉、勇次、雲海坊は、佐吉と久助に拘る事を話し合った。

「じゃあ、久助の奴が扇屋京屋の金蔵に何らかの細工をしたのかもしれないのですか……」

　勇次は眉をひそめた。

「ああ。そして、京屋に忍び込んで金蔵の金を持ち出しているのかもしれない」

　幸吉は読んだ。

「親分、佐吉もそいつに拘っているかもしれないんですか……」

　勇次は、不安と厳しさを滲ませた。

「うむ……」

　幸吉は頷いた。

「勇次、佐吉は大松の棟梁の持ち家で暮らし、おゆみっておかみさんは仕立物の内職をしているんだな」

　雲海坊は尋ねた。

「はい……」

「だったら、京屋の金蔵の金の持ち出しには拘わっちゃあいないだろう」

　雲海坊は読んだ。

「雲海坊さん……」

「勇次、金の持ち出しに拘わっていたら、おかみさんに内職なんかさせないさ」

雲海坊は笑った。

「ですが……」

勇次の不安は消えなかった。

「勇次、今は雲海坊の睨みを信じるんだな」

幸吉は遮った。

「はい……」

勇次は頷いた。

「だが、佐吉は何らかの拘りはある……」

「親分、俺、佐吉に直《じか》に当たってみます」

幸吉は読んだ。

勇次は告げた。

「そうしてくれ。俺たちは引き続き久助を追うぜ」

「はい。じゃあ、佐吉の仕事場に行ってみます」

勇次は、不忍池に急いだ。

「幸吉っつあん、余計な事を云ったかな……」

雲海坊は、勇次を見送った。

「いや。勇次を落ち着かせるには、ああ云うしかないさ」

幸吉は苦笑した。

勇次は、不忍池の畔を走った。

行く手に見える瀟洒な家からは、鋸《のこぎり》や金槌《かなづち》の音は響いていなかった。

佐吉は、既に仕事を終えて帰ったのか……。

だとしたら、大工『大松』か、おゆみの待つ元浜町の家に帰ったのかもしれない。

それとも久助と……。

勇次は、微かな焦りを覚え、瀟洒な家の板塀の木戸門に走った。

木戸門が開いた。

勇次は立ち止まった。

道具箱を担いだ佐吉が、開いた木戸門から出て来た。

「佐吉……」

勇次は、思わず呼び掛けた。

「えっ……」

佐吉は、勇次を見て戸惑いを浮かべた。

「佐吉、俺だ。勇次だ……」

「勇次……」

「ああ。餓鬼の頃、連《つる》んでいた勇次だ」

「勇次。お前、勇次か……」

佐吉は、勇次を見詰めて懐かしそうに笑った。

餓鬼の頃と同じ笑顔だった。

四

不忍池には水鳥が遊び、水飛沫が西日に煌めいていた。

勇次と佐吉は、不忍池の畔に並んで腰を下ろした。

「大工か……」

「ああ。勇次、お前は何をしているんだ」

佐吉は訊いた。

「俺か、俺は柳橋の笹舟って船宿の船頭だ」

勇次は告げた。

「へえ、船宿の船頭か……」

「うん。で、船宿の旦那、岡っ引でな……」

「岡っ引……」

佐吉は眉をひそめた。

「ああ。俺も時々、手伝っている……」

勇次は隠し立てをせず、佐吉を見据えて告げた。

「ゆ、勇次。お前……」

佐吉は、緊張を浮かべた。

「佐吉、博奕打ちの久助を知っているな」

「ああ。大工大松の兄弟子だ……」

「だが、酒と博奕に現をぬかして破門された」

「勇次、久助の兄貴、何かしたのか……」

佐吉は、勇次に探るような眼を向けた。

「佐吉、久助は一年前、神田鍛冶町の扇屋京屋の金蔵に細工をし、忍び込んでは金を持ち出しているかもしれねえそうだ」

「お前は拘りねえんだろうな……」

勇次は、必死の面持ちで佐吉を見詰めた。

「勇次……」

佐吉は、怯えを過ぎらせた。

「佐吉……」

「俺は知らねえ。俺は何も拘りねえ」

佐吉は、微かに震えた。

「佐吉、もし拘りがあるなら、正直に云ってくれ。さもなけりゃあ、おゆみさんも泣きをみるぜ……」

「おゆみも……」

「ああ……」

勇次は頷いた。

「勇次、俺がこうなったのは、おゆみの所為《せい》なんだ」

佐吉は吐き棄てた。

「おゆみさんの所為だと……」

「何……」

勇次は戸惑った。

「ああ。おゆみが嘘を吐いたからなんだ」

佐吉は、怒りを滲ませた。

「おゆみさんが嘘を吐いた……」

勇次は眉をひそめた。

「ああ。嘘を吐いたんだ」

「佐吉、どう云う事なんだ……」

勇次は困惑した。

「煩《うる》せえ、勇次……」

佐吉は遮った。

「佐吉……」

「おゆみの事は、お前に拘りのねえ事だ」

佐吉は、哀しげに云い放ち、道具箱を担いで立ち上がった。

「佐吉……」

勇次は、慌てて立ち上がった。

「勇次、連んでいたのは、餓鬼の頃だけだ」

佐吉は、そう云い棄てて足早に立ち去った。

「待てよ、佐吉……」

勇次は追い掛けようとした。だが、立ち去って行く佐吉の後ろ姿は哀しさに満ちており、勇次を拒否していた。

「佐吉……」

勇次は、佐吉を見送った。

佐吉は、久助の悪事に何らかの拘りがある。そして、それはおゆみが嘘を吐いたからなのか……。

勇次は読んだ。

おゆみ……。

勇次は、佐吉がおゆみと所帯を持った経緯《いきさつ》が知りたくなった。

不忍池で遊ぶ水鳥が甲高く鳴いた。

大工『大松』の作業場では、若い大工たちが材木を刻んでいた。

勇次は、大工『大松』を窺い、佐吉を捜した。

佐吉はいなかった。

おゆみの待つ元浜町の家に帰ったのか、それとも小舟町の久助の家に行ったのか……。

久助の家は、幸吉や雲海坊が見張っている筈だ。

よし……。

勇次は、大工『大松』の棟梁松五郎に逢い、己の素性を告げて佐吉の事を尋ねた。

棟梁の松五郎は、煙管を燻《くゆ》らせた。

「ほう。柳橋の親分さんの処の若い衆が佐吉の幼馴染とはね。で、何が訊きたいのかな」

「はい。佐吉がおゆみさんと所帯を持った経緯を教えて戴きたいのですが……」

勇次は訊いた。

「おゆみと所帯を持った経緯かい……」

「はい……」

「おゆみは、元々うちの奉公人でしてね。いつの間にか佐吉と相惚《あいぼ》れになり、所帯を持ちたいと云って来たんだよ。佐吉は若いのに腕の良い大工で真面目な働き者。おゆみは器量も気立ても良い娘で料理や針仕事も上手くてね。うちの婆さんも似合いだと喜び、元浜町の家で所帯を持たせたんだよ」

「そうでしたか……」

松五郎の説明に不審な処はない……。

勇次は頷いた。

だが、佐吉はおゆみが嘘を吐いたと云っていた。

おゆみの嘘とは何なのだ……。

「それで棟梁、おゆみさん、佐吉に嘘を吐いたような事はありますかね」

「おゆみが佐吉に嘘を吐いた……」

松五郎は眉をひそめた。

「はい。何か心当りはありませんか……」

「ま、夫婦として暮らしていれば、嘘も方便の時もあるだろうが……」

「ひょっとしたら、おゆみさんの嘘には、久助が拘わっているかもしれないのです」

勇次は眉をひそめた。

「久助が……」

松五郎は、戸惑いを浮かべた。

「はい……」

「久助は佐吉の兄弟子でね。そう云えば、おゆみに惚れているって聞いた事があったな」

「久助がおゆみさんに……」

「うん。いろいろちょっかいを出していたようだが、久助は酒と博奕に現を抜かすような奴だ。おゆみが相手にする筈もなく、佐吉と一緒になったのだが。久助は恨み、いろいろ嘘を言い触らしたのかもしれないな」

松五郎は読んだ。

「久助がいろいろ嘘を……」

「ああ。佐吉は真面目な奴だ。久助の嘘を信じて、おゆみが嘘を吐いていると思い込んだのかもしれないな」

松五郎は、吐息混じりに告げた。

「ええ……」

勇次は、佐吉に苛立たしさを覚えずにはいられなかった。

浅草東本願寺前から下谷へと向かう新寺町の通りには、様々な寺が連なっていた。

由松は、古寺の裏門の傍の土塀の陰に佇んでいた。

寺の裏門から博奕打ちが現れ、土塀の陰にいる由松に駆け寄った。

「由松の兄い……」

「どうだった」

「いましたよ、久助の野郎……」

「いたか……」

由松は、知り合いの博奕打ちを辿り、漸く賭場で蜷局《とぐろ》を巻いている久助に辿り着いた。

「ええ。負けが込んで胴元に借金したそうでしてね、もう直、出て来ますよ」

博奕打ちは苦笑した。

「借金か……」

「ええ。二十両、明日中に返さなければ簀《す》巻《ま》きだそうですぜ」

博奕打ちは嘲笑した。

「どうしようもねえ博奕打ちだな……」

由松は笑った。

羽織を着た背の高い男が、寺の裏門から出て来た。

「野郎が大工崩れの久助です」

博奕打ちは示した。

「野郎が久助か……」

由松は、久助を見定めた。

久助は、表通りに向かった。

「ああ。助かった。礼を云うぜ」

「いえ……」

「じゃあな……」

由松は、久助を追った。


扇屋『京屋』は繁盛していた。

和馬は、新八や清吉と斜向いの蕎麦屋の二階から扇屋『京屋』を見張っていた。

「あっ、由松さんですよ……」

窓辺にいた清吉は、壁に寄り掛かって居眠りをしていた和馬に告げた。

「由松……」

和馬は、清吉のいる窓辺に寄って通りを見下ろした。

通りをやって来た由松が、素早く物陰に隠れた。

どうした……。

和馬は、物陰に隠れた由松の視線の先を追った。

視線の先には、扇屋『京屋』を窺っている羽織を着た背の高い男がいた。

「由松、あの羽織を着た背の高い野郎を追っているようだ」

和馬は睨み、苦笑した。


由松は、扇屋『京屋』を窺っている久助を見守った。

久助は、扇屋『京屋』を窺い、薄笑いを浮かべて歩き出した。

由松は追った。

「久助か……」

巻羽織《まきばおり》を脱いだ和馬が、背後から並んで囁いた。

「こりゃあ和馬の旦那……」

由松は笑った。

幸吉と雲海坊は、小舟町の久助の家を見張り続けていた。

羽織を着た背の高い男が、西堀留川沿いの道をやって来た。

「雲海坊……」

幸吉が気が付いた。

「久助ですかね……」

雲海坊は眉をひそめた。

久助の後ろに和馬と由松が現れ、追って来るのが見えた。

「和馬の旦那と由松です」

「うん。どうやら野郎が久助に間違いないようだな」

幸吉は睨んだ。

「ええ……」

久助は、板塀に囲まれた仕舞屋に入った。

和馬と由松は、板塀に囲まれた仕舞屋に駆け寄った。

「雲海坊……」

幸吉と雲海坊は、物陰を出て和馬と由松に近付いた。

「やっぱり、野郎が久助か……」

幸吉は、久助の入った仕舞屋を眺めた。

「ええ。久助の奴、博奕で二十両の借金を作り、明日中に返さなきゃあならないそうです」

由松は告げた。

「で、来る途中、京屋を窺っていてな。ひょっとしたら今夜、金蔵に忍び込むつもりかもしれない……」

和馬は読んだ。

「でしたら、そいつを見定めてお縄にしますか……」

雲海坊は笑った。

元浜町の裏通りの荒物屋の前に、店番の老婆が心配げな面持ちで佇んでいた。

「どうしたんだい、婆さん……」

勇次がやって来た。

「あっ。お前さん、佐吉の幼馴染だったね」

「今、佐吉がおゆみちゃんに三行半《みくだりはん》を渡して出て行ってね」

「三行半……」

勇次は驚いた。

「ああ。で、おゆみちゃんが追っ掛けて……」

「どっちに行ったんだ」

勇次は遮った。

「人形町の方だよ」

老婆は指差した。

勇次は走った。


人形町の通りに佐吉とおゆみはいなかった。

勇次は、辺りを捜した。

人形町の先には、東堀留川と西堀留川がある。その西堀留川沿いに小舟町があり、おゆみが呉服屋帰りに立ち寄った仕舞屋がある。

そこかもしれない……。

勇次は東堀留川に走った。

佐吉とおゆみは、東堀留川に架かっている和国橋の袂にいた。

勇次は、佐吉とおゆみに忍び寄った。

「どうして、どうして三行半なの。どうして別れなきゃあならないの……」

おゆみは、佐吉を見詰めて問い質《ただ》した。

「おゆみ、俺は久助の兄貴の悪事の片棒を担いでしまったようだ」

佐吉は、苦しげに顔を歪めた。

おゆみは驚いた。

「悪事の片棒……」

「ああ。兄貴が扇屋京屋さんの金蔵に仕掛けた細工、俺が教えてやったものなんだ」

「お前さんが教えた……」

「ああ。で、久助の兄貴はお上に追われている。お縄になれば、俺も捕まる。そうしたら、おゆみ、女房のお前にも累《るい》が及ぶ、だからさっさと俺と別れた方が良いんだ」

「お前さん、どうして久助さんなんかに……」

「お前だ。お前が嘘を吐いたからだ……」

佐吉は、苦しげに告げた。

「私が嘘……」

おゆみは困惑した。

「ああ。所帯を持つ前、久助の兄貴にしつこく何度も言い寄られたが、相手にしないで断り続けたと云ったな……」

「ええ……」

「だけど、久助の兄貴は……」

佐吉は、悔《くや》しげに声を震わせた。

「久助さんはなんて云ったのですか……」

「お前と何度も逢引きをした。出合茶屋《であいぢゃや》にも行った。それを言い触らされたくなければ、金蔵の細工を考えて教えろと、だから俺は……」

「嘘です。逢引きも出合茶屋も嘘です。久助さんは嘘を吐いて、お前さんを騙したんです」

「おゆみ、久助の兄貴が嘘を吐いたって証《あかし》はあるのか……」

佐吉は、おゆみを睨み付けた。

「お前さん……」

おゆみは、哀しげに顔を歪めた。

「おゆみ、久助の兄貴が捕まれば、俺たちの事を必ず言い触らす。俺はその前に……」

佐吉は、思い詰めた。

「久助の兄貴を殺し、自分も死ぬか……」

勇次が物陰から現れた。

「勇次……」

佐吉は狼狽えた。

勇次は、佐吉に近付いて殴った。

佐吉は倒れた。

「お前さん……」

おゆみは驚き、倒れた佐吉に駆け寄った。

「佐吉、お前、悪党の久助と女房のおゆみさんのどっちを信じるんだ」

勇次は、佐吉に怒鳴った。

「ゆ、勇次……」

「佐吉。お前、おゆみさんを信じないで久助の云う事を信じるなんて、本当に馬鹿だな」

「俺だっておゆみを信じたい。だけど、嘘偽りでも面白可笑《おか》しく言い触らされると……」

佐吉は項垂れた。

「お前さん……」

「よし。佐吉、久助を締め上げよう。俺も一緒に行くぜ」

勇次は告げた。


小舟町の久助の家は、和馬、幸吉、雲海坊、由松に監視されていた。

博奕打ちの久助は、夜更けに扇屋『京屋』に忍び込み、金蔵から金を盗み出す。

その時、久助が『京屋』の金蔵に仕掛けている細工を見届け、お縄にする。

和馬と幸吉は決めていた。

「親分……」

由松が戸惑いを浮かべた。

「どうした……」

「勇次が来ましたぜ……」

幸吉は、勇次が佐吉やおゆみを伴って来るのに気が付いた。

「一緒に来るのは誰なんだ」

和馬は、怪訝な面持ちになった。

「勇次の幼馴染の佐吉と佐吉の女房でしょう」

「幼馴染と女房……」

「ええ。幼馴染の佐吉、大松の大工なんです」

幸吉は告げた。

「じゃあ……」

和馬は眉をひそめた。

勇次は、佐吉やおゆみと久助の家の前に立ち止まった。

「和馬の旦那……」

「柳橋の、勇次が何をするかだ……」

和馬は、勇次たちを見守る事にした。

勇次は、佐吉やおゆみと久助の家の板塀の木戸門を潜った。

「久助の兄貴、俺だ、佐吉だ。兄貴……」

佐吉は、格子戸を叩いて呼び掛けた。

「佐吉だと……」

家の中から久助の声がした。

「ああ。茅町の御隠居の家の仕掛けの事で相談したい事があって来た。開けてくれ」

佐吉は告げた。

「やる気になったかい……」

久助は、声を弾ませて格子戸を開けた。

刹那、格子戸の横に潜んでいた勇次が久助を引き摺り出し、十手で殴り飛ばした。

久助は、悲鳴を上げて倒れた。

勇次は、倒れた久助を押さえ付けた。

「な、何だ、手前……」

久助は、必死に抗《あらが》った。

「煩せえ。神妙にしやがれ」

勇次は、抗う久助を容赦なく蹴り飛ばして捕り縄を打った。

「佐吉、売りやがったな」

久助は、怒りに顔を醜く歪ませた。

「兄貴、嘘を吐いたのか。おゆみと逢引きしたり出合茶屋に行ったと嘘を吐いたのか……」

佐吉は、久助の喉元に鑿を突き付けた。

「さ、佐吉、そんな事、今更どうだって良いじゃあねえか……」

久助は仰《の》け反《ぞ》り、声を震わせた。

「冗談じゃあねえ。俺はおゆみの事を言い触らされたくない一心で、京屋の金蔵の仕掛けを手伝ったんだ。云え、久助、嘘を吐いたのか……」

佐吉は、久助の喉に突き付けた鑿を怒りで小刻みに震わせた。

「や、止めろ……」

久助は、恐怖に突き上げられた。

「久助……」

「ああ。嘘だ。俺は嘘を吐いたんだ」

久助は叫んだ。

「よし、もういい、佐吉……」

勇次は止めた。

佐吉は、久助を突き飛ばし、激しく息を弾ませた。

「お前さん……」

「ああ。済まなかった、おゆみ……」

佐吉は、おゆみに深々と頭を下げて詫びた。

「久助、大番屋に来て貰うぜ」

勇次は告げた。

「よし。後は引き受けた」

幸吉と和馬が現れた。

「親分、和馬の旦那……」

勇次は戸惑った。

「久助、扇屋京屋の金蔵に忍び込み、金を盗んだ罪で召し捕る」

和馬は、冷ややかに告げた。

久助は項垂れた。

「佐吉、お前も一緒に来て貰うよ」

「和馬の旦那、佐吉は……」

勇次は、和馬に縋る眼差しを向けた。

「心配するな、勇次……」

和馬は笑った。


扇屋『京屋』の裏庭には、和馬、幸吉、勇次、佐吉、旦那の伊右衛門、番頭の善蔵が集まった。

「よし。佐吉……」

幸吉は促した。

「はい……」

佐吉は頷き、金蔵の外壁の端の腰板の前に進み、しゃがみ込んだ。

和馬、幸吉、勇次、伊右衛門、善蔵は見守った。

佐吉は、二寸程の長さの先の尖《とが》った木片を出して腰板の間に差し込み、横に動かした。

外壁の腰板は横に動き、人一人が潜り込める空間が開いた。佐吉は、続いて内壁の一寸程の木片を横に動かした。

内壁が人の潜れる程に開いた。

「開きました……」

佐吉は、金蔵の外壁を簡単に開けた。

伊右衛門と善蔵は狼狽えた。

幸吉と勇次は、眼を丸くして驚いた。

「成る程、見事な仕掛けだな……」

和馬は感心した。

久蔵は、和馬と幸吉から報告を受けた。

「そうか。京屋の金蔵を荒した博奕打ちの久助、捕らえたか……」

久蔵は頷いた。

「はい。それで秋山さま、仕掛けを作った大工の佐吉は、勇次に自訴し、仕掛けを解き明かしたとして、お構いなしで放免と……」

和馬は、探るように久蔵を見詰めた。

「ああ。良いだろう。その代わり、京屋の金蔵を頑丈に造り直させるのだな」

久蔵は命じた。

「はい。柳橋の……」

「忝《かたじけの》うございます」

幸吉は、久蔵に頭を下げた。

「和馬、柳橋の。俺たちは罪人を捕らえるだけが役目じゃあねえ。罪人を作らねえのも仕事の内だ」

「はい……」

「それから柳橋の、勇次に御苦労だったとな……」

久蔵は笑った。

第三話

忠義者

一

刀身は、燭台の明かりを受けて鈍色に輝いた。

久蔵は、厳しい面持ちで輝く刀身を見詰め、布で刀身に拭いを掛けて油を取った。そして、軽く打粉を打った。

燭台の火は微かに揺れた。

久蔵は、刀身に再び拭いを掛けて検めた。

刀身は美しく輝いた。

よし……。

久蔵は、手入れを終えた刀を鞘《さや》に納めた。

「父上……」

大助がやって来た。

「入るが良い……」

「はい……」

大助が入って来て久蔵の前に座った。

「どうした……」

久蔵は、刀を刀掛けに置き、大助と向かいあった。

「はい。学問所で奇妙な噂を聞きました」

大助は、真剣な面持ちで久蔵を見詰めた。

「奇妙な噂……」

「はい……」

大助は大きく頷いた。

「どんな噂だ」

「淡路坂《あわじざか》に夜な夜な白狐《びゃっこ》が現れるそうです」

大助は、面白そうに眼を輝かせた。

「白狐だと……」

久蔵は眉をひそめた。

「はい。その白狐、面白い事に通り掛かった者を脅かし、金を奪うそうにございます」

「金の好きな白狐か……」

久蔵は苦笑した。

「はい。此の世に滅多にいない油揚より金の好きな白狐。見物に行くのならお供致しますが……」

大助は、身を乗り出した。

「大助、そんな噂などに気を取られず、学問に励むのだな」

久蔵は苦笑し、一蹴《いっしゅう》した。


夜風は淡路坂を吹き抜け、太田姫稲荷《おおたひめいなり》の赤い幟旗《のぼりばた》を揺らした。

総髪の浪人は、太田姫稲荷の本殿の裏に足早に来て振り返った。

三人の羽織袴の武士が追って現れ、総髪の浪人を取り囲んで刀を抜いた。

「どうしてもやるか……」

総髪の浪人は苦笑した。

「黙れ……」

羽織袴の武士の一人は、怒声をあげて総髪の浪人に斬り掛かった。

総髪の浪人は、鋭く踏み込んで刀を抜き打ちに一閃《いっせん》した。

刀を握る腕が両断され、血を振り撒《ま》きながら夜空に飛んだ。

凄まじい一刀だった。

腕を斬り飛ばされた羽織袴の武士は、身体の均衡を崩して激しくよろめいて倒れた。

二人の羽織袴の武士は怯んだ。

「未だやるか……」

総髪の浪人は、笑みを浮かべて二人の羽織袴の武士を見据えた。

二人の羽織袴の武士は後退《あとずさ》りした。

「ならば此迄だ。早く医者に診せてやれば命は助かるやもしれぬ……」

総髪の浪人は刀を鞘に納め、倒れている羽織袴の武士を一瞥《いちべつ》して立ち去った。

二人の羽織袴の武士は、意識を失って倒れている仲間を担ぎ上げ、慌ただしく太田姫稲荷の本殿裏から立ち去った。

夜風が吹き抜けた。

朝。

南町奉行所定町廻り同心の神崎和馬は、下っ引の勇次を従えて太田姫稲荷に駆け付けた。

太田姫稲荷の境内には、近くの旗本屋敷の奉公人たちや通行人が集まり、恐ろしげに本殿の裏手を窺っていた。

和馬と勇次は、本殿の裏手に進んだ。

「南町の神崎だ……」

和馬は、立番の役人に告げた。

「あちらです……」

立番の役人が示した裏手の隅には、柳橋の幸吉がしゃがみ込んでいた。

和馬と勇次は、しゃがみ込んでいる幸吉の許に急いだ。

「御苦労さまです……」

幸吉は、和馬に気が付いて脇に退《の》いた。

「うん……」

和馬は、幸吉の隣にしゃがみ込み裏手の隅の植込みを見た。

植込みには刀を握り締めた腕が転がり、両断された切り口を血に濡らしていた。

「一太刀で斬り飛ばしたようだな……」

和馬は眉をひそめた。

「一太刀で……」

勇次は、恐怖を過ぎらせた。

「ああ。恐ろしい程の剣の遣い手だ」

和馬は睨んだ。

「和馬の旦那。腕に僅かに絡み付いていた着物の切れ端ですが、紺の羽織のようです」

幸吉は、和馬に血の染み込んだ紺の布切れを見せた。

「紺の羽織だとすれば、主持《しゅうも》ちかな……」

和馬は、腕の持ち主を旗本家の家来か大名家の勤番《きんばん》侍と読んだ。

「ええ……」

幸吉は頷いた。

神田駿河台《するがたい》には、多くの大名家江戸上屋敷と旗本屋敷が連なっている。

「で、斬られた者の死体はないのだな」

「はい。何処にも。争った跡を見ると四、五人での斬り合いですが……」

「ならば、腕を斬り飛ばされた武士には仲間がいて、医者に運ばれたかもしれないな」

「はい。今、新八と清吉が界隈《かいわい》の町医者を当たっています」

幸吉は、既に手配りをしていた。

「和馬の旦那、親分……」

野次馬に聞き込みに行っていた勇次が戻って来た。

「どうした……」

「はい。斜向いの旗本屋敷の中間《ちゅうげん》が此処から出て行く羽織袴の侍たちを見ていました」

「羽織袴の侍たち……」

「はい。二人が一人を背負っていたそうです」

勇次は報せた。

斬り合った者たちだ……。

和馬は睨んだ。

「で、どっちに行ったんだい」

幸吉は訊いた。

「淡路坂の方に行ったそうです」

「淡路坂か……」

「はい……」

「和馬の旦那……」

「ああ。やはり旗本家か大名家の家来だな」

「ええ。此奴はいろいろ面倒ですね」

幸吉は眉をひそめた。

旗本家は目付、大名家は大目付のそれぞれが支配であり、町奉行所は支配違いであった。

「ああ……」

和馬は、厳しさを滲ませた。

南町奉行所には多くの人が出入りしていた。

和馬は南町奉行所に戻り、両断された腕から刀を取って洗い、久蔵の許に運んだ。

久蔵は、両断された腕の斬り口を検めた。

「見事な一太刀、凄まじい遣い手だな……」

久蔵は、微かな吐息を洩らした。

「はい。で、此の腕の持ち主は、旗本家か大名家の家来かと思われます」

「旗本家か大名家か……」

「はい……」

「ならば、旗本家同士、大名家同士、旗本家と大名家の争いでの事かもしれないな」

「はい。もし、そうなら我ら町奉行所の出る幕はありません」

和馬は苦笑した。

「和馬、そいつは、斬り飛ばされた腕の持ち主が誰か、斬り飛ばした凄まじい遣い手が何者かはっきりしてからだ」

「はい……」

「それに、仮に旗本大名家の争いであっても、江戸の町で騒ぎを起こせば、真相を突き止めるのは俺たちの役目だ。誰にも遠慮は無用だぜ」

久蔵は、不敵な笑みを浮かべた。

「はい……」

和馬は頷いた。

「それにしても、駿河台は太田姫稲荷から淡路坂か……」

「はい。それが何か……」

「う、うむ。淡路坂に痴《し》れ者が現れると云う噂を聞いてな」

「痴れ者……」

和馬は、戸惑いを浮かべた。

「ああ。夜な夜な白狐の面を被った男が現れ、通り掛った者を脅して金を奪うそうだ」

「白狐の面を被った辻強盗ですか……」

和馬は眉をひそめた。

「うむ。ひょっとしたら此度《こたび》の一件と拘りがあるやもしれぬ……」

久蔵は読んだ。


太田姫稲荷に静けさが戻った。

幸吉と勇次は、一帯の聞き込みを終えて太田姫稲荷の境内で落ち合った。

「どうだった……」

「昨夜遅くに騒ぎのあった旗本大名屋敷、今の処、浮かびませんね」

「そうか……」

「それより親分……」

　勇次は眉をひそめた。

「白狐か……」

　幸吉は、勇次の云いたい事を読んだ。

「親分も聞きましたか……」

「ああ。白狐の面を被った奴が夜な夜な現れては、通り掛かった者を脅して金を奪うと云う噂をな……」

「ええ。今度の一件と拘りないんですかね」

「あるかもしれないな……」

　幸吉は頷いた。

「親分、勇次の兄貴……」

　新八が境内に駆け込んで来た。

「おう。町医者、見付かったか……」

　勇次は迎えた。

「そいつが、昨夜遅く、斬られた侍が担ぎ込まれた町医者も大名屋敷や旗本屋敷に往診に出掛けた町医者も見付からないんですが、朝から家にいない町医者がいました」

新八は告げた。

「朝から家にいない町医者……」

幸吉は眉をひそめた。

「ええ。一人暮らしの町医者だそうでしてね。通いの婆さんが今朝来たらいなくて、未だ戻らないんです」

「親分……」

「よし、新八、案内しな……」

「はい。三河町です」

幸吉と勇次は、新八に誘われて神田三河町に急いだ。

神田三河町は一丁目から四丁目迄あり、駿河台の旗本屋敷街の隣に連なっている。

町医者中沢弦石《なかざわげんせき》の家は、三河町三丁目にあった。

幸吉と勇次は、新八に誘われて中沢弦石の家を訪れた。

町医者中沢弦石は戻っておらず、清吉が待っていた。

「中沢弦石先生、未だ戻らないのか……」

勇次は尋ねた。

「はい……」

「清吉、弦石先生の家の中、見られるかな」

幸吉は訊いた。

「はい。通いの婆さんに小粒を握らせてありますから、大丈夫ですよ」

清吉は笑った。

町医者中沢弦石の家には診察室と待合室があり、奥に居間と寝間があった。

幸吉、勇次、新八、清吉は、診察室や待合室、そして居間や寝間を検めた。

診察室や待合室に乱れた処はなく、薬籠《やくろう》だけがなかった。

居間には一升徳利と湯呑茶碗が残され、寝間には寝乱れた蒲団と脱ぎ棄てられた寝間着があるだけで、争った痕跡はなかった。

「寝ていた処を慌てて出て行ったが、争ったり、無理矢理連れ去られた形跡はないな……」

幸吉は、家の中を見廻した。

「ええ。迎えの者が来て、急いで着替え、薬籠を持って慌てて出て行った。そんな処ですか……」

勇次は読んだ。

「うん。おそらく患者は腕を斬り飛ばされた武士だろうな」

「ええ……」

「よし。勇次、清吉と弦石先生が戻って来るのを待ち、患者が何処の誰か、何としてでも訊き出すんだ。俺は新八と斬り飛ばされた腕と白狐の噂の拘りを探ってみる」

「承知しました……」

勇次は頷いた。

幸吉は、勇次と清吉を町医者中沢弦石の家に残し、新八を連れて太田姫稲荷に戻った。

淡路坂には風が吹き抜けていた。

太田姫稲荷の赤い幟旗は、風に揺れていた。

着流し姿の久蔵は、太田姫稲荷の前に佇み、塗笠をあげて連なる旗本屋敷を眺めた。

連なる旗本屋敷は、朝の片腕騒ぎも鎮まって静けさに覆われていた。

夜な夜な白狐の面を被った者が現れ、人を脅して金を奪い取る。

噂は、大助の通う湯島の学問所にも逸早く広まっていた。

それは、白狐が学問所に何らかの拘りがあるからなのかもしれない。

久蔵は睨んだ。

総髪の浪人が、風の吹き抜ける淡路坂を上がって来た。

久蔵は、上がって来る総髪の浪人を眺めた。

かなりの剣の遣い手……。

久蔵は、上がって来る総髪の浪人の身のこなしと落ち着いた足取りを読んだ。

総髪の浪人は、落ち着いた足取りで淡路坂を上がり、佇んでいる久蔵に会釈をして擦れ違った。

久蔵は、会釈をして見送った。

総髪の浪人は、太田姫稲荷の前を通り過ぎて旗本屋敷の連なりを小袋町の方に曲がって行った。

久蔵は、総髪の浪人を追った。

総髪の浪人は立ち止まり、表門を閉めた旗本屋敷を見上げた。

久蔵は、隣の旗本屋敷の土塀の陰から見守った。

表門を閉めた旗本屋敷の潜り戸が開いた。

総髪の浪人は、物陰に素早く身を潜めた。

二人の家来が潜り戸から現れ、太田姫稲荷とは反対の方に向かった。

総髪の浪人は見送り、来た道を戻り始めた。

久蔵は、総髪の浪人を遣り過ごして土塀の陰から出た。

総髪の浪人は、太田姫稲荷に向かって行った。

久蔵は追い掛けようとした。

「秋山さま……」

幸吉と新八が背後から駆け寄って来た。

「おう。柳橋の。新八、今、角を曲がった総髪の浪人を追い、行き先を突き止めてくれ」

「はい。合点です」

新八は、戸惑いながら頷いた。

「奴はかなりの遣い手だ。充分気を付け、危ないと思ったらさっさと逃げろ。良いな」

久蔵は、新八に云い聞かせた。

「心得ました。じゃあ……」

新八は、喉を鳴らして頷き、総髪の浪人を追った。

「あの浪人、どうかしたんですか……」

幸吉は眉をひそめた。

「かなりの遣い手だよ……」

「まさか……」

幸吉は緊張した。

総髪の浪人は、刀を握った腕を斬り飛ばした奴かもしれない。

「そのまさかかもしれねえ」

久蔵は、幸吉の胸の内を読んで頷いた。

「奴は何をしていたんですか……」

「そいつが、あの屋敷を窺っていたよ」

久蔵は、総髪の浪人が窺っていた旗本屋敷を示した。

「何方《どなた》の御屋敷ですか……」

「さあて、そいつが未だだ……」

久蔵は苦笑した。

「じゃあ、あっしが……」

幸吉は、斜向いの旗本屋敷の門前の掃除をしている小者に駆け寄った。

久蔵は見送った。


幸吉は、旗本屋敷の門前の掃除をしていた小者から聞いた事を久蔵に報せた。

「旗本寄合の岸田主水正《きしだもんどのしょう》……」

久蔵は眉をひそめた。

旗本寄合とは禄高三千石以上の無役の者を云い、以下の者は小普請と称した。

旗本屋敷は、三千石取りの大身旗本岸田主水正のものだった。

「はい……」

幸吉は頷いた。

「そうか、岸田主水正の屋敷か……」

久蔵は、厳しい面持ちで岸田屋敷を眺めた。

二

町医者中沢弦石の家に患者は滅多に訪れなかった。

勇次と清吉は、物陰に潜んで中沢弦石が帰って来るのを待った。

「清吉、中沢弦石、どんな人相風体《ふうてい》なんだ」

「坊主頭の中年男だそうですよ」

「坊主頭の中年男か……」

「ええ、帰って来ませんねえ……」

勇次と清吉は、坊主頭の町医者中沢弦石が帰って来るのを待ち続けた。


入谷鬼子母神の銀杏の木は、梢を微風に鳴らしていた。

総髪の浪人は、上野御山内の横手を通って入谷に入った。

新八は、慎重に尾行た。

総髪の浪人は、淡路坂を下りてから神田八ツ小路を抜け、神田川に架かっている昌平橋を渡った。そして、明神下の通りから下谷広小路を抜けて入谷に来た。
新八は、久蔵に云われた通り、充分に距離を取って慎重に尾行をして来た。
総髪の浪人は、鬼子母神の境内に入った。
新八は、鬼子母神に急いだ。そして、鬼子母神の境内に入ろうとして立ち止まった。
境内に総髪の浪人が佇み、入り口を見据えていた。
拙《まず》い……。
尾行は気付かれていたのだ。
新八は気が付き、思わず後退りした。
総髪の浪人は、新八に笑い掛けた。
新八は、恐怖に突き上げられた。
危ないと思ったらさっさと逃げろ……。
久蔵の声が蘇った。
新八は身を翻した。
湯島の学問所の講義が終わり、旗本御家人の子弟たちが出て来た。

旗本御家人の子弟の中には大助もおり、神田川沿いの道を昌平坂に向かった。

「大助さまじゃありませんか……」

大助は、男の声のした方を見た。

幸吉がいた。

「柳橋の親分……」

大助は、笑みを浮かべて幸吉に駆け寄った。

神田八ツ小路は多くの人が行きかっていた。

幸吉は、大助を昌平橋の袂にある茶店に伴い、団子を振舞った。

大助は、嬉しげに団子を頬張った。

「で、大助さま、あっしも淡路坂の噂、聞きましたよ」

幸吉は、茶を飲みながら誘いを掛けた。

「親分も聞きましたか、白狐の噂……」

大助は、団子を食べながら笑った。

「ええ。白狐の面を被って通り掛かった者を脅かして金を奪う。学問所でも噂になっているそうですね」

「ええ。随分、早くから……」

大助は、尤もらしい顔で頷いた。

「白狐を詳しく知っている方でもいるんですかね……」

幸吉は訊いた。

「ええ。田崎準之助《たざきじゅんのすけ》って奴がいろいろ知っていて、言い触らしているようですよ」

大助は、喉を鳴らして茶を飲んだ。

「田崎準之助さまですか……」

「ええ。私より二歳年上の遊び人ですよ」

「ほう、遊び人ですか……」

「ええ。屋敷のある下谷練塀小路《ねりべいこうじ》では、子供の頃から名高かったそうですよ」

大助は苦笑した。

「そうですか。で、その田崎準之助さん、遊び仲間はいるんですかね」

「勿論、いると思いますが……」

大助は首を捻った。

「誰かは分かりませんか……」

大助は頷き、一本残った団子を食べ始めた。

「ええ……」

旗本大名家は、家中での騒動を決して表沙汰にはしない。

もし、表沙汰になって公儀の知る処となれば、家中取締り不行届で只では済まないのだ。

和馬は、知り合いの徒目付《かち》などにそれとなく探りを入れた。

だが、駿河台の大名旗本家には、家来たちが斬り合う程の争いをしている家はなかった。

大名旗本家の争いではない……。

ならば、それぞれの家中での争いなのか……。

和馬は、知り合いの徒目付に探りを入れ続けた。


柳橋の船宿『笹舟』は、微風に暖簾を揺らしていた。

久蔵は、『笹舟』の二階の座敷の窓辺に腰掛け、大川を行き交う船を眺めていた。

女将のお糸《いと》が入って来た。

「お待たせ致しました、秋山さま。今、幸吉が戻りました」

お糸は告げ、久蔵の茶を淹れ替え始めた。

「そうか……」

久蔵は頷いた。

「お待たせしました」

幸吉が入って来た。

「やあ。どうだった」

「はい……」

幸吉は、お糸の淹れた茶を飲んだ。

「大助さまに訊いた処、白狐の噂の出処は下谷練塀小路に住んでいる田崎準之助さまだそうですよ」

「田崎準之助……」

「ええ。大助さまより二歳年上で子供の頃からの遊び人だそうです」

幸吉は報せた。

久蔵は、白狐の噂の出処が下谷練塀小路に住む田崎準之助だと知った。

「そうか。済まなかったな……」

「それにしても秋山さま、どうして御自分で大助さまに……」

お糸は眉をひそめた。

「お糸、俺が訊くと、大助は物事を大袈裟《おおげさ》に云うかもしれねえ。だが、柳橋には好い加減な事は云わねえだろうと思ってな」

久蔵は苦笑した。

「子供って、そんなもんですかねえ……」

幸吉とお糸は、五歳の我が子平次《へいじ》を思って顔を見合わせた。

「親分……」

新八が座敷の戸口に来た。

「おう。新八、総髪の浪人の行き先、突き止めたか……」

幸吉は尋ねた。

「そいつが、入谷の鬼子母神で……」

「撒かれて見失ったか……」

幸吉は読んだ。

「いいえ。笑い掛けられ、慌てて逃げて来ました。申し訳ありません」

新八は告げた。

「いや。それで良い。御苦労。上出来だ」

久蔵は労い、褒めた。

「は、はい……」

新八は安堵した。

「柳橋の、総髪の浪人は、おそらく入谷鬼子母神界隈にいる筈だぜ」

久蔵は読んだ。

「じゃあ、入谷鬼子母神界隈を当たってみますか……」

「ああ……」

久蔵は頷いた。

幸吉は、新八と雲海坊に入谷鬼子母神界隈にいると思われる総髪の浪人を捜させた。そして、由松を呼び、下谷練塀小路に住む田崎準之助を見張らせた。

久蔵は、総髪の浪人が様子を窺っていた岸田主水正の家中を調べた。

旗本三千石の岸田主水正は無役の寄合、家族は奥方と二人の倅がいた。

二人の倅の兄が誠一郎《せいいちろう》であり、弟は恭二郎《きょうじろう》と云う名で湯島の学問所に通っていた。

岸田恭二郎か……。

久蔵は、和馬を呼んだ。

「岸田恭二郎ですか……」

和馬は眉をひそめた。

「うむ。駿河台は太田姫稲荷近くに屋敷がある岸田主水正の次男でな。湯島の学問所に通っている十八歳だ」

「その岸田恭二郎が何か……」

「ひょっとしたら、噂の白狐かもしれねえ……」

久蔵は読んだ。

「白狐……」

「ああ。白狐の面を被って人を脅かして金を奪う。そんな芝居染みた真似をして、悦に入っているのは、世間知らずの馬鹿に決まっている。岸田家と次男の恭二郎、ちょいと調べてみな」

久蔵は命じた。

雲海坊と新八は、入谷鬼子母神周辺の町の木戸番を訪ね歩いた。

「父っつあん、ちょいと訊きたい事があるんだが……」

雲海坊と新八は、顔見知りの老木戸番を訪れた。

「なんだい、雲海坊……」

老木戸番は、店先に並べた草履《ぞうり》、炭団《たどん》、渋団扇《しぶうちわ》などを片付けていた。

「総髪の浪人を知らないかな……」

雲海坊は尋ねた。

「そんな浪人なら幾らでもいるよ」

老木戸番は、雲海坊を冷たく一瞥した。

「そうだな。新八……」

雲海坊は苦笑し、新八を促した。

「はい。背丈は五尺六寸ぐらい。がっしりした身体付きで、剣の遣い手です」

新八は告げた。

「背は五尺六寸、がっしりした遣い手か……」

「ええ。知りませんか……」

「知っているよ……」

「そうですか。えっ、知っている……」

新八は訊き返した。

「ああ。知っているよ」

老木戸番は頷いた。

「雲海坊さん……」

「ああ。父っつあん、何処の誰だ」

「おそらく此の先の大吉長屋《だいきち》に住んでいる沢井又四郎《さわいまたしろう》さんって浪人だと思うよ」

「大吉長屋に住んでいる沢井又四郎……」

「ああ。佳乃《よしの》っておかみさんと二人暮らしだ」

「沢井又四郎、どんな人だい……」

「半年前迄、何処かの旗本屋敷の家来だったそうだよ」

「何処の何て旗本屋敷だ……」

「さあねえ……」

老木戸番は知らなかった。

「じゃあ、今は何をして暮しを立てているんだい……」

「何でも、町の剣術道場の師範代を掛け持ちして稼いでいるって話だぜ」

老木戸番は告げた。

「雲海坊さん。沢井又四郎、おそらく間違いありませんよ」

新八は眉をひそめた。

「ああ。父っつあん、此の先の大吉長屋だな」

雲海坊は念を押した。


下谷練塀小路には物売の声が響いた。

由松は、連なる組屋敷の中にある田崎屋敷を見張った。

田崎屋敷から若い侍が出て来た。

湯島の学問所に通っている倅の準之助……。

由松は見定めた。

準之助は、練塀小路を神田川に向かった。

由松は追った。

陽は大きく西に傾き、下谷練塀小路を日陰にした。

岸田屋敷は夕闇に覆われた。

和馬と幸吉は、岸田屋敷を見張った。

岸田屋敷に出入りする者はいなく、夜の闇と静寂に覆われて行った。

「倅の恭二郎が白狐だとしたら、家族や家来たちは気が付いていないんですかね」

幸吉は眉をひそめた。

「気が付いていない事はあるまい……」

和馬は苦笑した。

「じゃあ、見て見ぬ振り、知って知らぬ振りをしていますか……」

「うん。騒ぎ立てて公儀に知れると只では済まない。飽きるのを待っているか、秘かに止めさせようとしているか……」

和馬は読んだ。

「何れにしろ、闇の彼方に葬ろうとしていますか……」

幸吉は吐き棄てた。

「ああ。だが、そうはさせない……」

和馬は、岸田屋敷を見据えた。

大吉長屋は古い小さな長屋だった。

「一番、奥の家だそうです」

新八は、明かりの灯されている奥の家を示した。

「沢井又四郎さんと御新造《ごしんぞう》の佳乃さんか……」

雲海坊は、奥の沢井の家を眺めた。

「ええ。何処の旗本の家来だったんですかね」

「うん。そして、どうして奉公を辞めたかだ」

「ええ……」

雲海坊と新八は、木戸の陰から沢井の家を見張った。

神田明神門前の盛り場は賑わっていた。

田崎準之助は、盛り場の片隅にある居酒屋に入って酒を飲んでいた。

由松は、居酒屋の戸口の傍に座り、酒を飲みながら田崎準之助を見張った。

準之助は、遊び人や浪人たちと馬鹿話をしながら楽しげに酒を飲んでいた。

餓鬼の癖に……。

由松は苦笑し、見張った。

大吉長屋の沢井の家の腰高障子が開いた。

雲海坊と新八は、木戸の陰から見詰めた。

総髪の浪人が、御新造に見送られて家から出て来た。

「あの浪人です」

新八は、総髪の浪人が沢井又四郎だと見定めた。

「やはり、沢井又四郎に間違いないか……」

「はい……」

新八は頷いた。

沢井又四郎は、御新造の佳乃に見送られて大吉長屋を出た。

「よし、俺が先に行くよ」

「はい。気を付けて……」

雲海坊は、饅頭笠を被り直した。

「ああ。危ない時は騒ぎ立ててくれ」

雲海坊は笑い、錫杖を手にして沢井又四郎を追った。

新八は、緊張した面持ちで続いた。

町医者中沢弦石は、三河町の家に帰って来る事はなかった。

「兄貴、中沢弦石、どうしたんですかね……」

清吉は眉をひそめた。

「ああ。ひょっとしたら、患者の手当てをさせられ、口を封じられたのかもしれないな」

勇次は、厳しい読みを見せた。

「ええ……」

「よし。親分に報せる。清吉は此のまま中沢弦石が帰って来るのを待っていてくれ」

勇次は決めた。

「合点です」

清吉は頷いた。

「じゃあな……」

勇次は、清吉を残して親分の幸吉の許に急いだ。

神田八ツ小路の人通りは減った。

沢井又四郎は、入谷から下谷広小路を抜け、明神下の通りから神田川に架かっている昌平橋を渡り、神田八ツ小路に出た。

雲海坊と新八は、交代しながら慎重に沢井又四郎を尾行た。

沢井又四郎は、神田八ツ小路から淡路坂に進んだ。

雲海坊と新八は追った。


岸田屋敷の表門脇の潜り戸が開いた。

和馬と幸吉は、物陰から見守った。

潜り戸から四人の家来が現れ、龕燈《がんどう》で辺りを照らしながら見廻りを始めた。

「見廻りですか……」

幸吉は読んだ。

「ああ、何者かを警戒しているのか、それとも恭二郎を屋敷から出さないようにしているのか……」

　和馬は眉をひそめた。

「親分、和馬の旦那……」

　勇次が現れた。

「おう。中沢弦石、戻ったかい……」

「それが未だ……」

　勇次は、厳しい面持ちで首を横に振った。

「戻らないか……」

　幸吉は眉をひそめた。

「はい。親分、ひょっとしたら中沢弦石……」

「腕を斬り飛ばされた侍の手当てをさせられ、口を封じられたか……」

　幸吉は読んだ。

「ええ。違いますかね……」

「おそらく、柳橋と勇次の読み通りかもしれないな」

　和馬は睨んだ。

「家来が腕を斬り飛ばされたと御公儀に知れると、いろいろ詮索されて白狐が露見しますか……」

「ああ。岸田主水正、家を護るのに手立ては選ばない奴だろうな」

「酷い奴ですね」

勇次は吐き棄てた。

「僅かな扶持米《ふちまい》で食っている俺たちと違って、大身旗本や大名家などは、多かれ少なかれそんなものだ」

和馬は、腹立たしげに告げた。

見廻りを終えた家来たちが、岸田屋敷に戻って行った。

太田姫稲荷の屋根は、月明かりに仄《ほの》かに輝いていた。

淡路坂を上がって来た沢井又四郎は、太田姫稲荷の前に佇んだ。

雲海坊は、物陰から見守った。

「雲海坊さん……」

新八が追って現れた。

「ああ。どうにか無事に来たな……」

「ええ……」

雲海坊と新八は、太田姫稲荷の前に佇んでいる沢井又四郎を窺った。

沢井又四郎は、太田姫稲荷の境内の暗がりに入って行った。

「沢井又四郎、まさか白狐の面を被るんじゃあないでしょうね」

「その反対かもしれないぞ……」

雲海坊と新八は、太田姫稲荷を窺った。

岸田屋敷の潜り戸が開き、五人の家来たちが出て来て太田姫稲荷に向かった。

「何をする気ですかね」

幸吉は眉をひそめた。

「追ってみよう……」

和馬は、五人の家来を追った。

幸吉と勇次が続いた。

三

太田姫稲荷は静寂に覆われていた。

沢井又四郎は、太田姫稲荷の暗がりに潜んだままだった。

「動きませんね……」

新八は、沢井が潜んでいると思われる暗がりを見詰めていた。

「うむ。沢井又四郎、何かが起こるのを待っているのかもしれないな」

雲海坊は読んだ。

「何かってのは、白狐ですか……」

「きっとな……」

雲海坊は頷いた。

「雲海坊さん……」

新八は、旗本屋敷街からやって来る五人の家来を示した。

雲海坊と新八は、素早く物陰に身を潜めた。

五人の家来は、淡路坂からの通りと太田姫稲荷の境内を窺い、何かを探し始めた。

「奴ら何かを探しているようですね」

勇次は、通りや太田姫稲荷を調べている五人の家来を見守った。

「ああ……」

和馬は頷いた。

「和馬の旦那。勇次……」

幸吉は、太田姫稲荷の横手を示した。

横手には、雲海坊と新八が潜んでいた。

「雲海坊に新八か……」

「ええ、雲海坊と新八は、総髪の浪人を追っている筈です」

「その二人がいるって事は、総髪の浪人が来ているって事かな……」

和馬は読んだ。

「きっと……」

幸吉は頷いた。


五人の家来は、太田姫稲荷の境内を調べた。

「俺に用か……」

本殿脇の暗がりを揺らし、沢井又四郎が現れた。

五人の家来は、沢井又四郎に気が付いて素早く取り囲んだ。

「おぬしたちが彷徨いている処を見ると、白狐、今夜は現れぬか……」

沢井は苦笑した。

五人の家来は刀を抜き、一斉に沢井に斬り掛かった。

沢井は、大きく跳び退いて刀を抜き放った。

五人の家来は、構わず間合いを詰めて斬り付けた。

沢井は踏み込み、刀を横薙《よこな》ぎに一閃した。

先頭にいた家来が太股《ふともも》を斬られ、血を飛ばして前のめりに倒れた。

残る四人の家来は怯んだ。

「此迄だな……」

沢井は刀を鞘に納め、太田姫稲荷から出て行こうとした。

「おのれ、待て……」

残る四人の家来は、必死の面持ちで沢井に追い縋った。

「無駄な事だ。退け……」

沢井は、残る四人の家来を見据えた。

「ひ、退かぬ……」

残る四人の家来は、声を引き攣らせた。

「どうあってもか……」

沢井は、冷ややかな笑みを浮かべた。

「和馬の旦那……」

幸吉は眉をひそめた。

「柳橋の、止めさせろ……」

「はい。勇次……」

幸吉と勇次は、呼子を吹き鳴らした。

呼び子笛の音が甲高く鳴り響いた。

家来たちは狼狽えた。

「そいつを連れて早く引き上げなければ、面倒になるだけだ」

沢井は苦笑した。

「雲海坊さん……」

新八は、呼び子笛の音に戸惑った。

「ああ。親分たちだ……」

雲海坊は、呼び子笛を吹き鳴らした。

新八は続いた。


呼び子笛の音は響き渡った。

四人の家来は悔しげに顔を歪め、太股を斬られて踠《もが》いている仲間を助け起こして逃げた。

沢井は見送り、淡路坂を足早に下り始めた。


雲海坊と新八は、淡路坂を神田八ツ小路に向かって下る沢井を見送った。

「雲海坊さん……」

新八は、雲海坊の指示を仰いだ。

「慌てるな。大吉長屋に帰るんだろう」

雲海坊は読んだ。

「雲海坊さん、新八……」

勇次が現れた。

「おう。親分は何処だ……」

雲海坊と新八は暗がりを出た。

「そうか。斬り合いを止めさせたか……」

久蔵は苦笑した。

「はい。あのままでは岸田家の家来に死人が出たでしょう」

和馬は読んだ。

「うむ。して、総髪の浪人、名は沢井又四郎と申し、佳乃と云う御新造と入谷の大吉長屋に住んでいるのか……」

「はい。雲海坊の話では、かつては旗本家の家来だったとか……」

幸吉は報せた。

「旗本家の家来だった……」

久蔵は眉をひそめた。

「はい……」

幸吉は頷いた。

「沢井又四郎、ひょっとしたら岸田家に奉公していたのかもしれないな……」

久蔵は読んだ。

「岸田家に……」

和馬は眉をひそめた。

「ああ……」

「それから秋山さま、町医者の中沢弦石、未だ以て三河町の家に戻りません。ひょっとしたら……」

幸吉は眉をひそめた。

「始末されたか……」

「はい……」

幸吉は、厳しい面持ちで頷いた。

「よし。何れにしろ、岸田家の家来共が夜な夜な外を彷徨き、斬り合いをしているのに違いねえ。岸田家をちょいと突いてみるか……」

久蔵は、不敵な笑みを浮かべた。

入谷大吉長屋には雲海坊と新八が張り付き、浪人の沢井又四郎を見張った。

沢井又四郎は、小石川と浅草今戸町の剣術道場の雇われ師範代に行き、妻の佳乃は組紐作りの内職をしていた。

そして、夫婦揃って長屋の者たちと気さくに言葉を交わし、親しく付き合っていた。

「悪い評判、ありませんね」

新八は苦笑した。

「うん……」

極普通の浪人夫婦……。

雲海坊は見定めた。

由松は引き続き田崎準之助を見張り、清吉は町医者中沢弦石が戻るのを待った。

そして、和馬と幸吉は駿河台の岸田屋敷を見張り、勇次はその間の繋ぎを担った。

「和馬の旦那……」

幸吉は、旗本屋敷街を来る久蔵を示した。

「秋山さまか……」

「ええ……」

久蔵は、和馬と幸吉に小さく笑い掛けて岸田屋敷を訪れた。

岸田屋敷に緊張が漲《みなぎ》った。

久蔵は、書院に通された。

書院の前の庭や隣室には、人の潜む気配が窺えた。

南町奉行所の吟味方与力が不意に訪れた。

脛《すね》に傷を持つ旗本家としては、緊張と警戒に満ち溢れない筈はない。

久蔵は苦笑し、茶を飲んだ。

僅かな刻が過ぎた。

小柄な初老の武士が、背伸びをするような歩き方で書院に入って来た。

己の背の低いのを気にした見栄っ張りの親父か……。

久蔵は、腹の内で苦笑した。

「お待たせ致しました。拙者岸田家用人の麻生帯刀《あそうたてわき》……」

小柄な初老の武士は、久蔵を見据え厳しい面持ちで名乗った。

「私は南町奉行所吟味方与力秋山久蔵……」

久蔵は笑い掛けた。

「して、秋山どの、御用とは……」

麻生は、久蔵に探る眼を向けた。

「それなのですが麻生どの、昨夜、太田姫稲荷で御家中の方々が浪人と斬り合いになり、深手を負った者がいますな」

久蔵は、麻生を見据えた。

「えっ……」

麻生は狼狽えた。

「旗本家はお目付支配で町奉行所の支配違い。だが、浪人は我らの支配。お縄にして事情を問い質さなければなりません。御家中の方を斬った浪人、何処の誰かお分かりならば、お教え願いたい」

「そ、それは……」

「我が手の者共、御家中の五人の御家来が浪人一人を相手に斬り合い、御屋敷に逃げ帰るのを確《しか》と見届けておりましてな……」

久蔵は、麻生の反応を窺った。

麻生は、僅かに顔を歪めて喉を引き攣らせた。

「如何ですか、浪人が何者か御存知ならば……」

「知らぬ。拙者の聞く処によれば、昨夜、我が家中の者共、酒を飲んで喧嘩になったと云う。浪人が何者かなど、知らぬ……」

麻生は遮り、久蔵を必死に突き放した。

「左様ですか……」

久蔵は念を押した。

「うむ。知らぬ……」

麻生は、顔を歪めて頷いた。

「ならば、近頃、太田姫稲荷や淡路坂には、白狐の面を被った痴れ者が現れるとか……」

久蔵は、麻生の様子を窺った。

「白狐……」

麻生は、恐怖に突き上げられた。

「白狐、御存知ですな……」

久蔵は、麻生を鋭く見据えた。

「う、うむ。噂だけはな……」

麻生は、嗄《しゃが》れ声を震わせた。

「ほう。噂だけですか……」

久蔵は笑った。

「い、如何にも……」

麻生は、久蔵を必死に見返した。

「左様ですか。ま、良いでしょう。我が手の者共の探索によれば、白狐の面を被った痴れ者の素性は、間もなく突き止められるとの事でしてな……」

「白狐の素性、間もなく突き止められる……」

麻生は、震える嗄れ声で訊き返した。

「如何にも。そいつが世間に知れ渡れば、面白い事になるでしょうな。麻生どの……」

久蔵は、楽しげな笑みを浮かべた。

「あ、秋山どの……」

麻生は、顔色を変えて言葉を失った。

「お忙しい処、お邪魔致した。では、これにて……」

久蔵は、麻生に会釈をして立ち上がった。

岸田屋敷に異変が起きた気配はなく、静寂に包まれていた。

和馬と幸吉は、岸田屋敷を見守っていた。

岸田屋敷の潜り戸が開き、久蔵が出て来た。

「和馬の旦那……」

「ああ……」

幸吉と和馬は、安堵を過ぎらせた。

久蔵は、幸吉と和馬に笑って見せて太田姫稲荷に向かった。

和馬と幸吉は、久蔵を追う者がいないのを見定めた。


「南町奉行所吟味方与力の秋山久蔵……」

岸田主水正は、肉付の良い赤ら顔を歪めた。

「はい。沢井又四郎をお縄にして、家中の者共を斬った理由を問い質すと……」

麻生は、上目遣いに主の岸田主水正の反応を窺った。

「無用な真似を……」

「ま。沢井又四郎には刺客を差し向ければ済みますが……」

麻生は眉をひそめた。

「他にも何かあるのか……」

「白狐にございます」

「白狐だと……」

岸田主水正は、肉付きの良い赤ら顔に緊張を滲ませた。

「秋山久蔵、配下の者共が白狐の面を被った痴れ者の素性、間もなく突き止めると……」

麻生は、顔を歪めて告げた。

「何だと……」

岸田主水正は狼狽えた。

「そして、世間に言い触らすと……」

「おのれ、秋山久蔵……」

岸田主水正は、肉付の良い赤ら顔に怒りを露《あら》わにした。

「如何致しますか……」

麻生は、主の岸田主水正の指図を待った。

「麻生、放って置く訳には参らぬ。我が岸田家と恭二郎を護る策はあるか……」

「はい。一つだけございます」

麻生は笑った。

「一つだけ……」

「はい……」

「何だ、申してみよ」

岸田主水正は苛立った。

「はい。我が岸田家家中で白狐を討ち取るのでございます」

「我が家中で白狐を討ち取る……」

岸田主水正は眉をひそめた。

「左様にございます。さすれば、世間の噂や評判、一蹴されるものかと……」

麻生は、顔を歪めて狡猾な笑みを浮かべた。


さあて、どう出るか……。

和馬、幸吉、勇次は、久蔵から岸田家用人の麻生帯刀との面談の様子を聞いた。

そして、岸田家の出方を見張った。

岸田屋敷の潜り戸が開き、四人の家来が出掛けて行った。

「勇次と追ってみます」

幸吉は、和馬に告げた。

「うん……」

和馬は頷いた。

「じゃあ……」

幸吉と勇次は、和馬を残して四人の家来を追った。

和馬は、岸田屋敷を見張り続けた。


岸田家の四人の家来は、神田八ツ小路から昌平橋を渡り、神田川北岸の道を行く者と神田明神に向かう者の二手に別れた。

「親分……」

勇次は眉をひそめた。

「俺はこっちを追う。勇次は神田川沿いだ」

「承知。じゃあ……」

勇次は、神田川北岸の道を行く二人の家来を追った。

幸吉は見送り、神田明神に向かった二人の家来に続いた。


神田明神門前町の盛り場に連なる飲み屋は、夕暮れ時の開店の仕度に忙しかった。
幸吉は尾行た。
二人の家来は、盛り場を抜けて神田明神の横手にある剣術道場に入って行った。
幸吉は見届けた。

剣術道場には、『直心影流《じきしんかげりゅう》、鬼木《おにき》道場』と書かれた古い看板が掛けられていた。
「直心影流鬼木道場……」
幸吉は、看板を読み、戸惑いを浮かべた。
剣術道場にしては、木刀を打ち合う音も気合いも聞こえなかった。
幸吉は、鬼木道場の様子を窺った。
鬼木道場は古く、活気のない潰れ掛けている剣術道場なのかもしれない。
幸吉は読み、近所の者に聞き込みを掛けた。

二人の家来は、神田川北岸の道から下谷練塀小路に進んだ。
勇次は尾行た。
二人の家来は、下谷練塀小路を進んで一軒の組屋敷の木戸門を潜った。

勇次は見届けた。

誰の組屋敷だ……。

勇次は、物陰から見守った。

「岸田屋敷の奴らか……」

勇次の背後に由松が現れた。

「由松さん。じゃあ、此の屋敷は……」

「ああ。岸田恭二郎の御学友の田崎準之助の住んでいる屋敷だぜ」

由松は告げた。

「田崎準之助……」

勇次は、田崎屋敷を見詰めた。

「ああ。遊び人の陸《ろく》でなしだ」

「そんな奴なんですか……」

「ああ。岸田の家来、何しに来たのかな……」

由松は眉をひそめた。

「さあ……」

勇次は首を捻った。

僅かな時が過ぎ、組屋敷から田崎準之助が二人の家来と一緒に出て来た。

由松と勇次は、物陰に隠れた。

二人の家来と田崎準之助は、下谷練塀小路を神田川に向かった。

「よし……」

由松と勇次は、二人の家来と田崎準之助を追った。

神田明神横手にある『直心影流、鬼木道場』には、道場主の鬼木十郎《じゅうろう》と住込みの弟子がおり、浪人の溜り場になっていた。

幸吉は、近所の者たちに聞き込んだ。

岸田家の二人の家来が訪れ、僅かな刻が過ぎた。

鬼木道場の戸口が開いた。

幸吉は物陰に潜んだ。

半纏を着た男と弟子らしき四人の侍が現れ、明神下の通りに向かった。

二人の家来はどうした……。

幸吉は見送った。

僅かな刻が過ぎ、二人の家来が羽織を着た総髪の剣客らしき中年男と出て来た。

道場主の鬼木十郎……。
幸吉は見定めた。
二人の家来と鬼木十郎は、やはり明神下の通りに進んだ。
幸吉は追った。
二人の家来と鬼木十郎は、明神下の通りから不忍池の畔を進んだ。
何処に行く……。
幸吉は尾行た。
二人の家来と鬼木十郎は、不忍池の畔から下谷広小路を横切り、山下に向かった。
まさか……。
幸吉は、二人の家来と鬼木十郎の行き先を読み、緊張を滲ませた。

四

岸田家の二人の家来は、田崎準之助を伴って岸田屋敷に戻って来た。

帰って来た……。

和馬は見守った。

二人の家来と田崎準之助は、岸田屋敷に入って行った。

若い侍は誰だ……。

和馬は、怪訝な面持ちで見送った。

「和馬の旦那……」

由松と勇次が、和馬の許にやって来た。

「おう。由松、今の若いのは何者だ……」

「あの餓鬼は、岸田恭二郎と連んでいる田崎準之助って奴です」

由松は報せた。

「田崎準之助……」

「はい。家来たち、昌平橋で二手に別れましてね。残る二人は親分が追いました」

勇次は告げた。

「そうか。それにしても田崎準之助を呼んで来て、どうしようってんだ」

和馬は眉をひそめた。

入谷鬼子母神は夕陽に照らされていた。

大吉長屋の井戸端では、佳乃たちおかみさんが賑やかに晩飯の仕度をしていた。

佳乃は屈託《くったく》なく喋り、楽しげに笑っていた。

雲海坊と新八は、見張りを続けていた。

沢井又四郎は、昼間は小石川の剣術道場の雇われ師範代として働き、夕暮れ前に帰って来ていた。

今夜も淡路坂に行くのか……。

雲海坊と新八は見守った。

「雲海坊さん……」

新八が一方を示した。

半纏を着た男と鬼木道場の門弟の一人が現れ、大吉長屋を窺っていた。

「何だ、あいつら……」

雲海坊は眉をひそめた。

「沢井又四郎に用がありそうですね」

新八は読んだ。

「ああ……」

雲海坊は、厳しい面持ちで頷いた。

半纏を着た男と鬼木道場の門弟の一人は、大吉長屋を離れた。

「雲海坊さん……」

「ああ、追ってみな……」

「はい……」

新八は、半纏を着た男と鬼木道場の門弟の一人を追った。

鬼子母神の境内には、鬼木道場の三人の門弟がいた。

半纏を着た男と門弟の一人が合流した。

新八は、物陰から見守った。

半纏を着た男と四人の門弟は、何事かを話し合った。

何者なんだ……。

新八は戸惑った。

僅かな刻が過ぎた。

岸田屋敷の二人の家来と羽織袴の総髪の中年の侍がやって来た。

四人の門弟と半纏を着た男は、駆け寄った。

仲間か……。

新八は緊張した。

「新八……」

幸吉が現れた。

「親分……」

「奴ら、沢井又四郎の家を窺っちゃあいなかったか……」

「はい……」

新八は頷いた。

「やっぱりな……」

幸吉は、自分の読み通りだと知った。

「何者なんですか、あいつら……」

「二人は岸田家の家来でな、残る奴らは、剣術道場の奴らだ」

幸吉は、厳しい面持ちで告げた。

「剣術道場の奴ら……」

「ああ。で、沢井又四郎、家にいるのか……」

「はい……」

幸吉は、雲海坊や新八と合流し、二人の家来と鬼木十郎と四人の門弟たちを見守った。

鬼木十郎は、半纏を着た男と門弟の一人に何事かを命じた。

半纏の男と門弟の一人は、大吉長屋に向かった。

「鬼木十郎、沢井又四郎と佳乃夫婦を見張るつもりだな」

幸吉は読んだ。

「確かめます」

新八は追った。

「親分、まさか奴ら……」

雲海坊は眉をひそめた。

「うん。秋山さまに脅され、慌てて沢井又四郎の口を封じようとしているんだぜ」

幸吉は睨んだ。

岸田家用人麻生帯刀は、遣い手の沢井又四郎を恐れ、直心影流の鬼木十郎を刺客として雇ったのだ。

「汚ねえ奴らだな……」

雲海坊は呆れた。

「ああ。だが、そうはさせねえ……」

幸吉は吐き棄てた。

日は暮れ、入谷鬼子母神は夜の闇に覆われた。


淡路坂に人通りは途絶えた。

武家駕籠《かご》が供侍を従え、淡路坂を上がって来た。そして、太田姫稲荷の前を曲がって岸田屋敷に向かって来た。

和馬、由松、勇次は気が付き、武家駕籠を見守った。

武家駕籠の供侍の一人が、岸田屋敷に先触れに走った。

岸田屋敷の表門が開き、武家駕籠は供侍を従えて入って行った。

「誰ですかね……」

勇次は眉をひそめた。

「客かな……」

和馬は首を捻った。

夜は更けた。

大吉長屋の沢井の家の腰高障子が開いた。

沢井又四郎が現われ、佳乃に見送られて出掛けて行った。

半纏を着た男と門弟の一人は、物陰に潜んで見送った。

追わないのか……。

新八は、戸惑いながら見守った。

沢井又四郎は、入谷鬼子母神の横を抜けて下谷広小路に向かおうとした。

「沢井又四郎だぜ……」

「ああ。淡路坂に行く気かもしれねえな」

幸吉と雲海坊は見守った。

鬼木十郎と三人の門弟が現れ、沢井又四郎を取り囲んだ。

沢井又四郎は立ち止まった。

「沢井又四郎だな……」

鬼木十郎は、沢井又四郎を見据えた。

「岸田家用人の麻生にでも頼まれて来たか……」

沢井は、鬼木を厳しく見据えた。

「此以上の差し出た真似は目障りだそうだ」

鬼木は、嘲笑を浮かべた。

次の瞬間、三人の門弟が沢井に斬り付けた。

沢井は跳び退いた。

三人の門弟は、次々に沢井に襲い掛かった。

沢井は刀を抜き放った。

三人の門弟は、間断なく沢井に斬り付けた。

沢井は、鋭く斬り結んだ。


半纏を着た男と門弟の一人は、沢井の家の腰高障子を叩いた。

新八は見守った。

「どちらさまにございますか……」

佳乃は、怪訝な面持ちで腰高障子を開けた。

刹那、門弟の一人と半纏を着た男が佳乃に襲い掛った。

何だ……。

新八は眉をひそめた。

沢井は、三人の門弟と斬り結んだ。

そして、門弟の一人を斬り棄てた。

残る二人の門弟は怯んだ。

鬼木十郎は、沢井の前に進み出た。

沢井は身構えた。

鬼木は、刀を抜いて青眼《せいがん》に構えた。

「直心影流か……」

沢井は、鬼木の剣の流派を読んだ。

「黙れ……」

鬼木は、猛然と沢井に斬り掛かった。

沢井は鋭く応じた。

刃が咬《か》み合い、火花が飛び散り、焦げ臭さが漂った。

沢井は押し、鬼木は大きく跳び退いた。

「此迄だ、沢井……」

鬼木は、嘲笑を浮かべて一方を示した。

半纏の男と門弟の一人が、捕らえた佳乃の顔に匕首を当てて現れた。

「お。お前さま……」

「佳乃……」

沢井は狼狽えた。

「沢井、刀を棄てろ……」

鬼木は冷笑した。

「おのれ……」

沢井は焦った。

次の瞬間、幸吉、雲海坊、新八が現れ、半纏の男と門弟の一人に襲い掛かった。

新八が半纏の男を鼻捻《はなねじ》で殴り倒し、雲海坊が門弟に錫杖で突き掛かった。

門弟は驚き、仰け反った。

幸吉が、仰け反った門弟を十手で殴り飛ばし、佳乃を助けた。

鬼木と門弟たちは驚いた。

「沢井さん、心置きなく……」

幸吉は、笑顔で告げた。

「忝い……」

沢井は安堵した。

鬼木たちは、思わぬ成行きに狼狽えた。

「おのれ、卑怯な真似を……」

沢井は怒りを露わにし、鬼木と門弟たちに鋭く斬り掛かった。

鬼木と門弟たちは、必死に斬り結んだ。

沢井は、剛剣を唸《うな》らせて容赦なく門弟たちを斬り棄て、鬼木に迫った。

鬼木は、上段からの一刀を鋭く放った。

沢井は踏み込み、刀を横薙ぎに一閃した。

閃光が交錯した。

沢井は残心《ざんしん》の構えを取り、鬼木はゆっくりと横倒しに崩れた。

岸田屋敷表門脇の潜り戸が開き、数人の家来が田崎準之助を連れて出て来た。

和馬、由松、勇次は見守った。

家来たちは、田崎準之助を伴って太田姫稲荷に向かった。

和馬、由松、勇次は追った。


頭分の家来が、田崎準之助に白狐の面を差し出した。

「今、恭二郎さまは御屋敷で殿と客の相手をされている。その間に白狐が現れ、淡路坂を来る者を脅せば、恭二郎さまが白狐ではない証となる」

「成る程、心得ました……」

田崎準之助は薄笑いを浮かべ、白狐の面を受け取って被った。

頭分の家来は、白狐の面の紐を田崎の頭の後ろできつく結んだ。

「むっ……」

田崎は、きつい結びにくぐもった声を小さく洩らした。

刹那、家来の一人が脇差で田崎の背を突き刺した。

田崎は仰け反った。

「田崎、お前は白狐として我らに討ち取られて貰う」

頭分の家来は、嘲りを浮かべた。

田崎は崩れ落ちた。

刹那、呼び子笛が鳴り響いた。

家来たちは驚いた。

呼び子笛は鳴り響き続いた。

「退け……」

頭分の家来は狼狽え、岸田屋敷に走った。

家来たちが続いた。

和馬、由松、勇次が、白狐の面を被って倒れている田崎に駆け寄った。

田崎は、白狐の面を被って苦しく呻き、踠いていた。

「しっかりしろ……」

和馬は、田崎の背の傷の手当てを始めた。

「医者を呼んで来ます」

勇次は走った。

由松は、匕首を出して白狐の面のきつく結んだ紐を切った。

白狐の面の下から現れた田崎の顔は、青ざめて苦しそうに歪んでいた。

遠くの寺が、亥の刻四つを報せる鐘の音を響かせ始めた。

「岸田家、動いたか……」

久蔵は苦笑した。

「はい。田崎準之助を白狐に仕立てあげて殺し、恭二郎の身代りにしようと企て、刺客を雇って沢井又四郎の口を封じようとしました」

和馬は報せた。

「馬鹿な真似をしやがって、そいつはおそらく用人の麻生帯刀の浅知恵だろう」

久蔵は苦笑した。

「用人の麻生帯刀ですか……」

「ああ。よし、沢井又四郎に逢ってみよう」

久蔵は笑った。


沢井又四郎は茶を啜《すす》った。

「沢井又四郎、おぬし、元は旗本岸田家家中の者だな……」

久蔵は笑い掛けた。

「はい。ですが、何故にそれを……」

沢井は眉をひそめた。

「白狐などと云う馬鹿な騒ぎに拘わるには、それなりの理由がある筈……」

「拘わる理由ですか……」

「左様。白狐になる痴れ者を良く知っているから拘わる。となると岸田家家中にいて、痴れ者を諫《いさ》めようとしていた。違うかな……」

久蔵は読んだ。

「流石《さすが》は秋山さまですな……」

沢井は苦笑した。

「ならば……」

「仰る通りです。私は岸田家家来として、素行の悪い恭二郎さまに身を慎むように煩く云い、怒りを買って追い出されました。そして、白狐の噂を聞いた時、恭二郎さまの仕業だと直ぐに気が付きました……」

「それで、白狐の恭二郎を捕らえて諫め、止めさせようとしたか……」

「ええ。祖父の代からお仕えした岸田家の為にと思いましてね。ですが、用人の麻生さまは、私に差し出た真似は無用だと……」

「家来たちに襲わせたか……」

「はい。私も恭二郎さまを諫めぬ者たちに腹が立ち……」

「腕を斬り飛ばしたか……」

「はい……」

沢井は、晴れやかな面持ちで頷いた。

田崎準之助は、辛うじて命を取り留めて何もかも告白した。

久蔵は、再び岸田屋敷を訪れ、書院に通された。

書院の周囲には、殺気が満ち溢れていた。

久蔵は苦笑し、用人の麻生帯刀が来るのを待った。

麻生は、肉付の良い赤ら顔の岸田主水正と共に書院に現れた。

「その方が秋山久蔵か……」

岸田主水正は、久蔵を睨み付けた。

「如何にも。岸田主水正さまですな」

「用とは何だ……」

「白狐の面を被って辻強盗を働いた御子息恭二郎どのをお引渡しねがいたい」

「黙れ、秋山。世間を騒がせた白狐は、田崎準之助なる者であり、我が岸田家家中の者共が討ち取ったと聞き及ぶぞ」

岸田は、赤ら顔を怒りに震わせた。

「その田崎準之助、辛うじて命を取り留めて何もかも白状しましてな……」

久蔵は、岸田を厳しく見据えた。

「な、何だと……」

岸田は困惑した。

「秋山どの……」

麻生は狼狽えた。

「岸田恭二郎の身柄、お引渡し願えぬのなら田崎準之助と元家臣の沢井又四郎の口書《くちがき》を評定所に差し出す迄……」

久蔵は告げた。

「おのれ、秋山久蔵。そのような真似を致すと無事には済まぬぞ」

岸田は怒声をあげた。

庭や隣室から家来たちが現れ、久蔵を取り囲んだ。

「動くんじゃあねえ」

久蔵は一喝した。

麻生たち家来は凍て付いた。

「下手に動けば、大事な殿さまの赤ら顔が胴体から離れるぜ」

久蔵は、岸田を冷たく見据えた。

「あ、秋山……」

岸田は、恐怖に嗄れ声を震わせた。

「岸田さま、此以上の愚かな真似は恥の上塗り。家を潰したくなければ、手前の尻は、手前で拭くんだな……」

久蔵は、不敵に云い放った。


岸田主水正は、倅恭二郎を手討にし、家督を嫡男誠一郎に譲って隠居した。

恭二郎は泣き喚いて抗い、醜態を曝《さら》した。

主水正は、そんな倅の恭二郎を手討にした。

評定所は殊勝であるとし、岸田家を取り潰さず、家禄半減の沙汰を下した。

家督を継いだ誠一郎は、諫言をせず小細工を弄した用人麻生帯刀に切腹を命じた。

麻生は、己の腹に刃を突き刺せず、主の主水正と恭二郎の悪口雑言《ぞうごん》を吐き散らした。それは、介錯人《かいしゃくにん》に首を斬られるまで続いた。

隠居した岸田主水正は、我が子恭二郎を手討にして以来、心を病んだ。そして、乱心の果てに悶死した。

町医者中沢弦石は、驚いた事に岸田屋敷の侍長屋の一室で酒に酔い潰れていた。

麻生は、中沢弦石に家来の傷の手当てをさせ、酒を与えて侍長屋に軟禁した。

弦石は、好きな酒を飲みたいだけ与えられ、逃げようともせず、軟禁生活を楽しんでいた。

和馬と幸吉たちは呆れ、久蔵は苦笑した。

久蔵は、岸田家の家来たちを斬った沢井又四郎をお咎《とが》めなしとした。

浪人の沢井又四郎は、妻の佳乃と入谷の大吉長屋で仲睦まじく暮らした。そして、剣術道場の雇われ師範代の仕事に励んだ。

久蔵は、痴れ者一人が父祖代々の家を窮地に陥れ、多くの者を死なせ、苦しめるのを思い知らされた。

痴れ者が……。

第四話 紙風船

一

外濠には枯葉が舞い散り、水面《みなも》を色とりどりに染めていた。

南町奉行所定町廻り同心の神崎和馬は、岡っ引の柳橋の幸吉と下っ引の勇次と共に外濠に架かっている数寄屋橋《すきやばし》御門を渡り、銀座町四丁目を京橋に向かった。

京橋から日本橋、そして神田八ツ小路を抜け、神田明神、湯島天神、不忍池、下谷広小路から浅草に廻るのは、幾つかある見廻りの道筋の一つだった。

和馬、幸吉、勇次は、日本橋川に架かっている日本橋を渡り、室町に進んだ。

室町三丁目の通りにはお店が連なり、多くの人が行き交っていた。

「和馬の旦那……」

幸吉は、行く手の用水桶を示した。

「うん……」

和馬は、幸吉の示した用水桶を見た。

用水桶の陰に地味な形《なり》の年増が佇み、哀しげな面持ちで向い側の呉服屋『高砂《たかさご》屋《や》』を見詰めていた。

「高砂屋に用でもあるんですかね……」

勇次は、年増と『高砂屋』を見較べた。

「かもしれないな……」

幸吉は頷いた。

地味な形の年増は、幸吉たちの視線に気が付いたのか、用水桶の傍を離れて路地に入って行った。

「追いますか……」

勇次は、追うかどうか指示を仰いだ。

「なあに、それには及ぶまい……」

和馬は判断した。

「ええ……」

幸吉は頷いた。

和馬、幸吉、勇次は、地味な形の年増を追わずに神田八ツ小路に向かった。

見廻りは何事もなく、和馬、幸吉、勇次は不忍池の畔を進み、下谷広小路傍の上野元黒門町の自身番に立ち寄った。

「此は神崎さま、柳橋の親分……」

自身番の大家と店番は、見廻りの途中に立ち寄った和馬たちを迎えた。

「おう。変わった事はないね」

「はい。何もございません」

大家と店番は告げた。

「そいつは何よりだ」

和馬は笑った。

「どうぞ……」

老番人の茂平《もへい》は、和馬、幸吉、勇次に茶を淹れて出した。

「此奴はありがとうございます」

幸吉と勇次は礼を述べた。

「助けて下さい……」
　十三、四歳の前掛けをした娘が血相を変え、裸足で駆け込んで来た。
「おお、どうした、おさよちゃん……」

　老番人の茂平は尋ねた。

「お店に、お店に女の人が来て祖父《じい》ちゃんに匕首を突き付けて、私にお役人を呼んで来いって……」

　おさよは、息を弾ませながら告げた。

「何だと……」

　和馬は眉をひそめた。

「此の娘の祖父ちゃんの店ってのは……」

　幸吉は、老番人の茂平に尋ねた。

「裏通りにある丼屋《どんぶりや》って一膳飯屋です」

　老番人の茂平は告げた。

「その一膳飯屋の丼屋に女が押込み、役人を呼んで来いと云っているんだな」

　和馬は念を押した。

「はい。祖父ちゃんに匕首を突き付けて……」

おさよは頷いた。

「で、おさよ、女は一人か……」

「はい……」

「よし。おさよは此処にいろ。此の事を南町奉行所の秋山さまに報せてくれ。俺たちは丼屋に行く。父っつぁん、案内してくれ」

和馬は大家と店番に命じ、老番人の茂平に一膳飯屋『丼屋』への案内を命じた。

裏通りに人影は少なく、不忍池からの風が吹いていた。

和馬、幸吉、勇次は、老番人の茂平に案内されて裏通りを進んだ。

「丼屋はあそこです」

老番人の茂平は、裏通りの先にある店を指差した。

腰高障子に丸に〝丼〟の一字を書いた店は、風雨に晒された古い暖簾を揺らしていた。

一膳飯屋『丼屋』は静かだった。

「で、おさよの祖父ちゃん、主の名は……」

「宗助《そうすけ》さんです」

「宗助か。よし、父っつあんは、弥次馬が集まらないようにしてくれ」

和馬は茂平を残し、幸吉や勇次と一膳飯屋『丼屋』に忍び寄った。

和馬、幸吉、勇次は、一膳飯屋『丼屋』の腰高障子の左右に張り付いて店の中の様子を窺った。

店の中からは、人の声も物音も聞こえなかった。

和馬は、勇次に裏に廻れと目配せをした。

勇次は頷き、裏手に廻って行った。

和馬は、幸吉に頷いて見せた。

幸吉は頷き返した。


勇次は、路地伝いに一膳飯屋『丼屋』の裏に廻った。

裏は近隣の家と接しており、狭く様々な物が置かれていた。

勇次は、勝手口の板戸に忍び寄った。そして、閉じられている板戸を開けようとした。

板戸には鍵が掛けられ、開かなかった。

勇次は、中を覗ける窓や隙間を探した。

窓や隙間はあったが、板が張られたり目張りがされていた。

「くそっ……」

勇次は、焦りを覚えながらも中の様子を窺おうとした。

和馬は、一膳飯屋『丼屋』の腰高障子の前に立った。

「誰です……」

店の中から老爺の声がした。

「俺は南町奉行所定町廻り同心の神崎和馬だ。お前は丼屋の主の宗助か……」

和馬は訊いた。

「左様にございます。神崎さま、どうか、お助け下さい」

宗助は、嗄れ声を震わせた。

「うむ。必ず助ける。で、閉じ籠もっているのは、女が一人か……」

「はい。あっしを縛りあげて、匕首を突き付けています」

和馬は、腰高障子を開けようとした。

腰高障子は二寸程開いて止まった。

それ以上、開かないように細工がしてある。

和馬は読み、薄暗い店の中を覗いた。

老爺の宗助が縛られ、背後に立った地味な形の年増が匕首を突き付けていた。

「それ以上開けたり、入って来たら、宗助さんを刺します」

年増は、声を震わせた。

「女、何の為の閉じ籠りだ」

和馬は尋ねた。

「お役人さまが、南の御番所の神崎さまですか……」

年増は、腰高障子の隙間から見える和馬に念を押した。

「そうだ。定町廻り同心の神崎和馬だ。女、名は何と云う。何の為の閉じ籠りだ……」

和馬は尋ねた。

「名はきぬです」

年増は名乗った。

「きぬか……」

おそらく偽名だ。だが、今は〝きぬ〟で充分だ。

和馬と幸吉は頷いた。

「ええ。宗助さんを無事に助けたければ、私の云う事を聞いて下さい」

きぬと名乗った年増は、必死の面持ちで告げた。

「分った。聞こう、何だ……」

和馬は頷いた。

「先月、起きた高利貸の徳兵衛《とくべえ》さんとお妾《めかけ》殺し、殺したのは北の御番所のお役人に捕らえられた伊左次《いさじ》じゃありません……」

きぬは、声を激しく震わせた。

「殺したのは、捕らえられた伊左次じゃあないだと……」

和馬は、戸惑いを浮かべた。

「和馬の旦那……」

幸吉は眉をひそめた。

「ええ。本当の下手人は他にいるんです。伊左次じゃあないんです。神崎さま、今度は南の御番所が調べて、本当の下手人を捕らえて下さい。さもなければ、申し訳ありませんが、宗助さんには死んで貰う事になります」

きぬは、声と匕首を激しく震わせた。

「お、お助けを、お役人さま、お助けを……」

宗助は、必死に哀願した。

「分った。きぬ、早まった真似はするな」

和馬は怒鳴り、腰高障子の傍から離れた。

「和馬の旦那……」

幸吉は続いた。

「どう思う。柳橋の……」

「他人に匕首を突き付け、落着している一件を調べ直せなんて、冗談や遊びでやるとも思えません……」

幸吉は、一膳飯屋『丼屋』を見詰めた。

「うむ。閉じ籠りの咎人になる覚悟をして迄もな……」

「ええ……」

幸吉は頷いた。

「親分、和馬の旦那……」

一膳飯屋『丼屋』の裏手から勇次が戻って来た。

「裏から店に忍び込める処はあるか……」

和馬は尋ねた。

「そいつが、勝手口や窓は閉められ、隙間にも目張りがしてあり、中を覗く事も出来ませんよ」

勇次は、苛立たしげに告げた。

「そうか。よし、柳橋の、秋山さまに報せて高利貸の徳兵衛と妾殺し、月番の北町がどうして伊左次って奴をお縄にしたか、洗い直して貰ってくれ。俺はきぬの相手をする」

「心得ました。勇次、お前は和馬の旦那のお手伝いをな」

「承知しました」

「じゃあ……」

幸吉は、南町奉行所に急いだ。

「和馬の旦那、女、どんな奴なんですか……」

「きぬって名の地味な形をした年増でな。何処かで見たような顔なのだが、店の中が薄暗くてな……」

「そうですか……」

「勇次の兄貴……」

新八と清吉が駆け寄って来た。

「先月の北町が月番の時に起こった高利貸の徳兵衛と妾殺し……」

秋山久蔵は眉をひそめた。

「はい。閉じ籠ったきぬって女は、一膳飯屋丼屋の主宗助を人質にして、北町奉行所が捕らえた伊左次は下手人じゃない、だから南町奉行所で調べ直してくれと……」

幸吉は告げた。

「そうか、高利貸の徳兵衛と妾殺しを調べ直させる為の閉じ籠りか……」

「はい……」

幸吉は頷いた。

「よし。ならば、北町に行くしかあるまい」

久蔵は立ち上がった。

一膳飯屋『丼屋』に動きはなかった。

和馬は、勇次と一膳飯屋『丼屋』の表に張り付き、新八と清吉に裏手を見張ら

とした。

和馬は、駆け付けた捕り方を遠ざけ、出来るだけ閉じ籠り騒ぎを小さくしようとした。

「神崎さま……」

『丼屋』から宗助が和馬を呼んだ。

「宗助か……」

和馬は、腰高障子の開いた部分から薄暗い店内を覗いた。

勇次は、身を潜めて僅かな隙間を窺った。

「はい。孫娘のおさよは無事にございましょうか……」

宗助は、おさよの心配をした。

「うむ。自身番にいる、心配するな……」

和馬は告げた。

「そうですか……」

宗助の声に安堵が滲んだ。

「神崎さま……」

きぬが声を掛けて来た。

「何だ……」

「高利貸の徳兵衛殺し、どうなりました……」

きぬは、心配を過ぎらせた。

「心配するな、きぬ。おそらくお前の願い通りになる筈だ」

和馬は告げた。

秋山さまなら、北町奉行所が月番の時の高利貸の徳兵衛と妾殺しでも、必要とあれば調べ直す筈だ……。

和馬は、確信を持っていた。

「そうですか……」

「処できぬ、北町に徳兵衛と妾を殺したとして捕らえられた伊左次とは何者で、どのような拘りなんだ」

和馬は尋ねた。

「伊左次は居職《いじょく》の錺職人で、私の亭主です」

きぬは、哀しさや悔しさを見せず、静かに答えた。

「そうか、伊左次はきぬの亭主で、居職の錺職人か……」

和馬は知った。

「はい……」

きぬは頷いた。

「信じられるか……」

和馬は、勇次に囁いた。

「はい。あっしは信じられると思います」

勇次は頷いた。

「そうだな。嘘偽りを云っても、徳兵衛と妾殺しを調べれば直ぐに分る事だものな」

「はい。それから和馬の旦那、きぬ、朝方に室町で見掛けた地味な形の年増に何となく似ている感じがしますね」

勇次は眉をひそめた。

「そうか。何処かで見た顔だと思っていたが、室町にいた地味な形の年増に似ているのか……」

和馬は気が付いた。

非番の北町奉行所は表門を閉め、人は脇の潜り戸から出入りしていた。

久蔵は、幸吉を伴って北町奉行所を訪れ、吟味方与力坂上兵庫《さかがみひょうご》に逢った。

「何、伊左次は高利貸の徳兵衛と妾を殺してはいないですと……」

坂上兵庫は眉をひそめた。

「左様。きぬなる女が飯屋に閉じ籠り、調べ直さなければ、人質の飯屋の亭主を殺すと申していましてな……」

久蔵は苦笑した。

「そ、そのような。秋山どの、我ら北町奉行所に捕り違えなどない。そいつは何かの間違いでしょう」

坂上は、怒りと不安を交錯させた。

「うむ。私もそうだと思いましてな。閉じ籠っているきぬなる女に云い聞かせる為に、高利貸徳兵衛と妾殺しの覚書や口書などを貸して戴く……」

久蔵は、坂上を厳しく見据えて告げた。

二

きぬの閉じ籠りは続いた。

和馬の意に反して噂は流れ、一膳飯屋『丼屋』の界隈に弥次馬が現れ始めた。

「和馬の旦那……」

勇次は眉をひそめた。

北町奉行所定町廻り同心の小倉金之助《おぐらきんのすけ》が岡っ引の久六《きゅうろく》たちを従え、血相を変えて足早にやって来た。

「小倉の扱いだったのか……」

和馬は、微かな嘲りを浮かべた。

小倉金之助は、権柄尽《けんぺいず》くで雑な探索をする同心だった。そして、配下の久六は、お店から地廻り顔負けの見ケ〆料《みかじめりょう》を取っていると云う噂のある岡っ引だった。

小倉は、久六たち手先を従えて勢い込んでやって来た。

和馬は苦笑した。

「神崎どの……」

小倉は、怒りを滲ませて和馬に近付いた。

「やあ。小倉さん、何用ですか……」

和馬は笑い掛けた。

「何故、早々に踏み込み、閉じ籠りを捕えないのだ」

小倉は、噛みつかんばかりの勢いで和馬に迫った。

「一膳飯屋の亭主が人質になっていましてな。下手に踏み込めば、死人を出すだけ……」

「しかし、甘い事を云っていると、付け上がらせるだけだ。久六、早々に踏み込め」

「へい……」

岡っ引きの久六たちは、一膳飯屋の『丼屋』に向かおうとした。

勇次が、十手を握りしめて立ちはだかった。

「若いの。邪魔をするかい……」

久六は、勇次を睨み付けた。

「久六親分……」

由松と雲海坊が現れた。

久六は怯んだ。

「由松さん、雲海坊さん……」

勇次は安堵した。

「うちの勇次に文句があるなら、柳橋が雁首揃えて相手になりますぜ」

由松は、久六を冷ややかに見据えた。

「お望みなら、経を読んでもいいですぞ」

雲海坊は、嘲りを浮かべて手を合わせた。

岡っ引の柳橋一家は、先代弥平次の時から江戸の岡っ引たちの信頼が厚く、隠然たる力を持っていた。

久六たちは、悔し気に引き下がった。

「小倉さん、先月の高利貸しの徳兵衛と妾殺し、おぬしの扱いか……」

和馬は笑った。

「ああ……」

小倉は、腹立たし気に頷いた。

「ならば、何故に錺職の伊左次をお縄にしたのかな……」

「それは、伊左次が徳兵衛に借りた金が返せなくなって……」

「徳兵衛に借りた金を返せないのは、伊左次だけじゃあるまい。他にもいるだろう」

「そ、それは……」

小倉は狼狽えた。

「小倉さん、月番は南町奉行所だ。北町奉行所のおぬしの指図は受けぬ」

和馬は、冷笑を浮かべて云い放った。

一月《ひとつき》程前の夜、湯島切通町《きりどおしまち》に住む高利貸しの徳兵衛と妾が自宅で殺された。月番の北町奉行所は、定町廻り同心の小倉金之助に探索をさせた。

小倉金之助は、徳兵衛に借金の返済を迫られている者を洗い出した。その中には、錺職の伊左次もいた。

その夜、伊左次は出来上がった品物を小間物問屋に納め、職人仲間と酒を飲んだ。酒好きの伊左次は、仲間が帰っても一人で飲み歩き、真夜中に妻恋町《つまごいちょう》の家に帰った。

小倉は、職人仲間と別れて家に帰る迄の伊左次の足取りがはっきりしないのに目を付けた。そして、その間に湯島切通町に行き、徳兵衛と妾を殺したと睨み、伊左次を捕えた。

伊左次は、身に覚えがないと云い張った。

だが、小倉は伊左次を厳しく責め、自白に追い込んだ。

伊左次は、高利貸しの徳兵衛と妾殺しを認めた。

「さあて、どう見る……」

久蔵は、覚書や口書を読み終わった幸吉に訊いた。

「伊左次が殺《や》った確かな証はありませんね」

幸吉は眉をひそめた。

「ああ。小倉の奴、伊左次をかなり厳しく責めたようだな」

久蔵は読んだ。

「ええ。無理矢理の自白かもしれませんね」

「おそらくな……」

久蔵は頷いた。

「それで、おかみさんのきぬは、南町奉行所に調べ直して欲しいと、丼屋に閉じ籠りましたか……」

幸吉は読んだ。

「ま、そんな処だろうな」

「で、どうします……」

「うむ。先ずは一膳飯屋の丼屋に行ってみよう」

「はい……」

久蔵と幸吉は、一膳飯屋の丼屋のある元黒門町に急いだ。

北町奉行所定廻り同心の小倉金之助は、岡っ引の久六たちを従え、怒りを浮かべて引き上げた。

和馬は、雲海坊、由松、勇次と一膳飯屋『丼屋』の表を護り、新八と清吉に裏の見張りを続けさせた。

久蔵は、幸吉と共にやって来た。

「御苦労だな……」

久蔵は労った。

「いいえ。して、徳兵衛と妾殺しは……」

和馬は尋ねた。

「錺職の伊左次が徳兵衛と妾を殺した確かな証は何もない。もう一度調べ直してみる必要はある」

久蔵は苦笑した。

「分かりました。じゃあ柳橋の、俺は高利貸しの徳兵衛を洗い直す……」

「はい。勇次、和馬の旦那のお供をしな。雲海坊は俺と錺職の伊左次と女房のきぬだ。由松は裏にいる新八、清吉と秋山さまの御指図に従いな……」

「承知……」

雲海坊、由松、勇次は頷いた。

「和馬、その前にきぬに引き合わせてくれ」

「はい……」

「由松、お前も一緒に来な……」

久蔵は、和馬に誘われて由松と一膳飯屋の『丼屋』に向かった。

和馬は、僅かに開いた腰高障子の間から薄暗い店の奥にいるきぬと宗助に呼び掛けた。

「きぬ、宗助……」

「神崎さま、どうなりましたか……」

きぬは、和馬に縋る眼差しを向けた。

「吟味方与力の秋山久蔵さまがみえたぞ」

和馬は告げた。

「秋山久蔵さま……」

きぬは、微かに声を弾ませた。

「きぬ、秋山久蔵だ。高利貸しの徳兵衛と妾殺し、南町奉行所がもう一度調べ直すと決めた。だから、丼屋の主の宗助を放免して、お前も出て来ないか……」

久蔵は笑い掛けた。

「えっ……」

きぬは戸惑った。

「どうだ、きぬ……」

「伊左次は、伊左次はどうなります」

きぬは、必死の面持ちで久蔵に尋ねた。

「伊左次は、調べ直しが終わってからだ」

「じゃあ駄目です。此のままです」

きぬは、久蔵の提案を拒否した。

「そうか。じゃあ仕方がねえな。宗助、身体の具合に変わりはねえか……」

「は、はい……」

宗助は、戸惑いながら頷いた。

「そいつは良かった。徳兵衛と妾殺しの調べ直しを急ぐ。すまねえが、もう少し辛抱してくれ」

久蔵は詫びた。

「は、はい。ありがとうございます」

宗助は、思わず礼を述べた。

「それで、きぬ。もしも、何か用があったり、欲しい物があれば、俺か此の由松に云ってくれ……」

久蔵は、由松に腰高障子の間に顔を出すように促した。

「由松だ。用があれば呼んでくれ」

由松は告げた。

「あの、神崎さまは……」

きぬは、不安げに尋ねた。

「神崎の旦那は、徳兵衛と妾殺しの調べ直しだぜ」

由松は告げた。

久蔵は、腰高障子近くに由松を残し、和馬や幸吉の許に戻った。

「よし。みんな、急いでくれ」

久蔵は命じた。

和馬と勇次は、湯島切通町の高利貸し徳兵衛の家に向かった。

幸吉と雲海坊は、妻恋町の伊左次ときぬの家に急いだ。


湯島切通町の徳兵衛の家は、板塀に囲まれて暗く沈んでいた。

和馬と勇次は、徳兵衛の身辺を洗った。

徳兵衛は、情け容赦のない取り立てをする高利貸しとして多くの者に恨まれていた。

和馬と勇次は、徳兵衛を恨んでいた者を次々に調べた。だが、多くの者はその夜の所在がはっきりしていた。

和馬と勇次は調べ続けた。


妻恋町の梅《うめ》の木《き》長屋は、木戸の傍に梅の古木があった。

幸吉と雲海坊は、錺職の伊左次ときぬ夫婦の家を訪れた。

狭い家の中は、綺麗に掃除をされて片付けられていた。

そして、隅に錺職の台と道具があり、奥にはでんでん太鼓や弥次郎兵衛《やじろべえ》などの幼い子供の玩具があった。

「子供がいるのか……」

幸吉は眉をひそめた。

「うん。どうやら、そのようだな」

雲海坊は頷いた。

「家も綺麗に掃除され、錺職の道具も手入れがされている。伊左次ときぬ、真っ当な夫婦のようだな」

幸吉は読んだ。

「ああ。とにかく近所の者に聞き込みを掛けてみよう」

雲海坊と幸吉は、長屋の住人や近所の者たちに聞き込みを掛けた。

伊左次ときぬには、新太《しんた》と云う男の赤ん坊がいた。

「そう云えば、新太ちゃんの泣き声、此処二、三日聞かないねえ……」

梅の木長屋に住むおかみさんたちは、心配そうに顔を見合わせた。

「おきぬさん、何処に連れて行ったのかしらねえ……」

「新太か……」

「ええ……」

おかみさんたちは頷いた。

「で、伊左次とおきぬ、夫婦仲は良かったのかな……」

「そりゃあもう。だのに、金貸しの徳兵衛と妾を殺したなんて事になっちゃって……」

「私は云ったんだよ。小倉って同心の旦那に、あの夜、伊左次さんが夜中に真っ直ぐ歩けない程、酔っ払って帰って来たのを厠《かわや》から見たって……」

肥った中年のおかみさんが眉をひそめた。

「伊左次、真っ直ぐ歩けない程、酔っ払っていた……」

幸吉は眉をひそめた。

「ええ。ふらふらしちゃって……」

「その事、小倉って同心の旦那に云ったんだね……」

雲海坊は尋ねた。

「ええ、云いましたよ。でも、小倉って同心の旦那、煩そうに睨み付けただけですよ」

肥った中年のおかみさんは、不服そうに頰を膨らませた。

「幸吉っつあん……」

「ああ。何だか妙だな」

「うん……」

「処でおかみさん、伊左次とおきぬ、どう云う経緯で所帯を持ったのか知っているかい」

「何でも、おきぬさん、伊左次さんが出入りをしている小間物問屋に女中奉公をしていて相惚れになったそうですよ」

「へえ、相惚れねえ」

「ええ……」

「その小間物問屋、何処の何て店かな……」

幸吉は訊いた。


高利貸しの徳兵衛と妾を殺したと思われる者は、容易に浮かばなかった。

和馬と勇次は、徳兵衛配下の取立屋たちを捜した。

取立屋の長助《ちょうすけ》は、裏長屋の家で酔い潰れていた。

和馬と勇次は、長助を裏長屋の井戸端に引き摺り出して水を浴びせた。

長助は眼を覚ました。

「長助、徳兵衛と妾を殺したのは誰か、心当りはないのか……」

和馬は、長助の胸倉を鷲摑みにした。

「そ、そりゃあ錺職の伊左次……」

「伊左次の他にだ……」

「他にって、知りませんよ……」

「じゃあ何か、長助、お前も伊左次が徳兵衛と妾を殺ったと思っているのか……」

「ええ。最初は違ったけど……」

「最初は違った……」

和馬は眉をひそめた。

「ええ。でも……」

「最初は誰だと思ったんだ」

和馬は、長助を厳しく見据えた。

「最初は、おきちの姐《ねえ》さんの前の亭主だと思いましたよ」

「おきち……」

和馬は戸惑った。

「徳兵衛と一緒に殺された妾です」

勇次は告げた。

「妾か……」

「長助、お前、徳兵衛と妾のおきちが殺されたと聞いた時、殺ったのは、おきちの前の亭主だと思ったのか……」

「はい。おきちの姐さん、働きのない亭主に愛想尽かしをしましてね。徳兵衛旦那の妾になったんですぜ。それで、てっきり……」

長助は笑った。

「旦那……」

「ああ……」

和馬と勇次は困惑した。

高利貸しの徳兵衛と妾のおきち殺しは、借金以外の事で殺されたのかもしれないのだ。

「そうか、妾のおきちの拘りもあったか……」

和馬は、徳兵衛と妾のおきち殺しに別の見方があるのに気が付いた。

「ええ。で、長助。妾のおきちの働きのない前の亭主ってのは誰だ」

勇次は、長助を見据えた。

「時々、徳兵衛旦那の用心棒をしていた日下仙十郎《くさかせんじゅうろう》って浪人です」

長助は告げた。

「浪人の日下仙十郎……」

「ええ……」

「和馬の旦那……」

「うむ。長助、その日下仙十郎の家は何処だ」

和馬は、浪人の日下仙十郎を捜す事にした。


両国広小路は見世物小屋や露店が並び、大勢の客で賑わっていた。

錺職の伊左次が出入りし、きぬが奉公していた小間物問屋『紅屋《べにや》』は、両国広小路傍の米沢町にあった。

幸吉と雲海坊は、小間物問屋『紅屋』を訪れて老番頭に逢った。

「手前も驚きました。伊左次が人を殺したと聞いて……」

老番頭は眉をひそめた。

「伊左次、そんな奴じゃあないのですか……」

幸吉は尋ねた。

「そりゃあもう。酒にはだらしのない奴ですが、仕事は丁寧、他人には優しく、普段は真面目で穏やかでしてね。惚れたおきぬに酒を慎むと約束して一緒になったんですよ」

「おきぬは此方に奉公していたそうですね」

雲海坊は訊いた。

「ええ。おきぬも器量好しで気立ての良い娘でしてね。奉公人の誰とでも仲が良く、台所で働いていた宗助は娘のように可愛がっていましてねえ……」

老番頭は、懐かしそうに眼を細めた。

「台所で働いていた宗助……」

雲海坊は眉をひそめた。

「ええ……」

「番頭さん、その宗助さんってのは、今いますか……」

「いいえ。宗助は今、上野元黒門町で一膳飯屋を営んでいますよ」

「幸吉っつあん……」

「ああ。どう云う事だ……」

　幸吉と雲海坊は、戸惑いと緊張を交錯させた。

三

　閉じ籠ったきぬと人質にされている一膳飯屋『丼屋』の主宗助は、かつては小間物問屋『紅屋』に奉公しており、親しい間柄だった。

「どう云う事なんだ……」

　幸吉は眉をひそめた。

「幸吉っつあん、きぬの閉じ籠り、ひょっとしたら狂言かもしれないぜ」

　雲海坊は睨んだ。

「狂言……」

「ああ……」

「南町奉行所に徳兵衛と妾殺しの調べ直しをさせる為のか……」

　幸吉は読んだ。

「違うかな……」

雲海坊は首を捻った。

「いや。そんな処かもしれない。よし、秋山さまに御報せするぜ」

幸吉と雲海坊は、上野元黒門町の一膳飯屋『丼屋』に戻る事にした。

浪人の日下仙十郎……。

和馬と勇次は、高利貸しの徳兵衛と一緒に殺された妾のおきちの前の亭主の日下仙十郎を捜した。

取立屋の長助の話では、日下仙十郎は酒と博奕に溺れ、毎日のように賭場に通っているようだった。

「おきちに愛想尽かしをされても仕方のない野郎ですね」

勇次は苦笑した。

「ああ。とにかく夜になる迄にきぬの閉じ籠りを落着させなくてはならぬ。急ぐぞ」

「はい……」

和馬と勇次は、博奕打ちの貸元の家を訪れ、居合わせた博奕打ちたちに浪人日下仙十郎の居場所を尋ね、捜し廻った。

きぬの一膳飯屋『丼屋』での閉じ籠りは続いた。

由松は表、新八と清吉は裏手を見張り続けた。

久蔵は、向い側の荒物屋に陣取り、大騒ぎにならぬように現場を取り仕切っていた。

閉じ籠り先が一膳飯屋で食べる物に心配がないのか、きぬからの新たな要求は何もなかった。

由松は、一膳飯屋『丼屋』の腰高障子の前に潜み、店の中の様子を窺っていた。

きぬは声を荒立てる事もなく、人質の宗助も抗う気配はなかった。

静かな刻が過ぎた。

様々な閉じ籠り事件を見て来たが、此程迄に穏やかなものは初めてだった。

由松は苦笑し、店内にいるきぬと宗助の様子を窺い続けた。

「大丈夫ですか……」

きぬは、宗助の身を心配した。

「ああ。心配ないよ」

「でも……」

「南の御番所の剃刀《かみそり》久蔵さまが出張ってくれているんだ。もう暫くの辛抱だ」

宗助は、何故かきぬを励ましているかのようだった。

何故だ……。

由松は、微かな違和感を覚えた。


「秋山さま……」

由松は、荒物屋にいる久蔵の許に戻った。

「どうした、きぬが何か云って来たか……」

久蔵は尋ねた。

「いいえ……」

「じゃあ、何か変わった事でもあったのか……」

「いえ。何も云って来ず、何も変わった事もないのですが……」

由松は躊躇《ためら》った。

「遠慮は要らねえ。睨みを云ってみな」

久蔵は、由松を促した。

「はい。あっしの見た処、きぬが人質の宗助さんに気を遣い、宗助さんが匕首を突き付けるきぬを励ましているような感じがするんです……」

由松は、戸惑った面持ちで告げた。

「きぬが気を遣い、宗助が励ます」

久蔵は眉をひそめた。

「はい。あっしにはそんな風に……」

由松は、厳しい面持ちで告げた。

「そうか。由松、此の閉じ籠り、やはり何か裏がありそうだな……」

久蔵は笑みを浮かべた。

「秋山さま……」

幸吉と雲海坊が足早にやって来た。

「おう。柳橋の、雲海坊、どうした」

久蔵は迎えた。

「はい。妙な事が分かりましたよ」

幸吉は小さく笑った。

「妙な事だと……」

久蔵は、話の先を促した。

「はい。きぬは伊左次と所帯を持つ前、米沢町の紅屋って小間物問屋に女中奉公をしていましてね……」

「小間物問屋の紅屋……」

「はい。その紅屋に一膳飯屋丼屋の宗助も奉公していたんですよ」

「きぬと宗助が同じお店に……」

由松は驚いた。

「ほう。じゃあ何か、きぬと宗助は知り合いだったのか……」

「はい。間違いありません」

久蔵は知った。

幸吉は頷いた。

「秋山さま、此の閉じ籠り、狂言なのかもしれません」

雲海坊は読んだ。

「うむ。由松、どうやらお前の睨み通りのようだぜ」

久蔵は苦笑した。

「はい……」

由松は頷いた。

陽は西に大きく傾いた。

「よし。閉じ籠りの一件、そろそろ幕にする潮時だな……」

久蔵は立ち上がり、一膳飯屋『丼屋』を眺めた。

薄暗い店内には西日が差し込み、飯台の上に置かれた匕首が輝いた。

きぬと宗助は、疲れたように壁に寄り掛かっていた。

「きぬ、秋山久蔵だ……」

腰高障子の向こうから久蔵の声がした。

きぬは、慌てて匕首を取って宗助に突き付けた。

「は、はい……」

「ちょいと邪魔するぜ」

久蔵は、腰高障子の細工を小柄で外して入って来た。

「やあ……」

久蔵は笑顔で店の中に進んだ。

「来ないで、来ないで下さい……」

きぬは狼狽えた。

宗助は、僅かに身を捩《よじ》り、それとなくきぬを庇おうとした。

「落ち着け、きぬ、宗助。日暮れも近い、そろそろ終わりにしよう」

久蔵は笑い掛けた。

「秋山さま、出て行って下さい。出て行かなければ……」

きぬは、宗助に匕首を突き付けた。

匕首は小刻みに震えた。

「あ、秋山さま、お助けを……」

宗助は声を震わせた。

「きぬ、宗助。俺たちの調べでは、高利貸しの徳兵衛と妾を殺《あや》めたのは、お前たちが云うように伊左次じゃあないようだ」

「秋山さま……」

「今、同心の神崎和馬たちが徳兵衛と妾殺しを急ぎ調べ直している。だから、閉じ籠りの真似はもう良いだろう。此迄にしな」

きぬと宗助は顔を見合わせた。

「きぬ、宗助、お前たちが米沢町の小間物問屋紅屋に奉公していて、親しくしていたのは分っているんだぜ」

久蔵は笑った。

「秋山さま……」

きぬと宗助は、思わず顔を見合わせた。

「きぬ、幾ら狂言だとしても、宗助に匕首を突き付けるのは辛かっただろう」

久蔵は、きぬを哀れんだ。

「はい……」

きぬは、匕首を降ろして項垂れた。

「お騒がせ致しまして申し訳ございません」

宗助は詫びた。

きぬは、久蔵に深々と頭を下げた。

「詫びるには及ばねえ。お前たちにこんな真似をさせたのは、俺たち町奉行所だ。詫びるのはこっちの方だ」

久蔵は、きぬと宗助に頭を下げた。

「秋山さま……」

きぬは、涙を零《こぼ》した。

「良かったな。おきぬちゃん……」

宗助は喜んだ。

「宗助、喜ぶのは徳兵衛と妾を殺した真犯人をお縄にして、伊左次を無罪放免にしてからだ……」

久蔵は苦笑した。

一膳飯屋『丼屋』の閉じ籠り事件は終わった。

久蔵は、近くの寺に待たせてあった捕り方たちを南町奉行所に帰した。

幸吉は、一膳飯屋『丼屋』の見張りを解かせた。

久蔵は、きぬを一膳飯屋『丼屋』から秘かに連れ出して預かるように幸吉に頼んだ。

幸吉は、きぬを船宿『笹舟』に連れて行くよう雲海坊と新八に命じた。

雲海坊と新八は、きぬを一膳飯屋『丼屋』の裏口から連れ出す事にした。

「宗助のおじさん、いろいろ御迷惑をお掛けしました」

きぬは、宗助に深々と頭を下げ、雲海坊や新八と出て行った。

宗助は見送り、疲れ果てたようにその場に座り込んだ。

「御苦労だったな、宗助……」

久蔵は微笑み、宗助を労った。

日が暮れた。

和馬と勇次は、浪人の日下仙十郎を捜し出す事は出来なかった。

燭台の火は揺れた。

「そうか。徳兵衛に金を借り、取り立てに苦しんでいる者たちに、殺したと思える奴はいないか……」

久蔵は、和馬の報告を聞いた。

「はい。ですが、日下仙十郎と云う浪人が浮かびました」

和馬は、久蔵を見詰めた。

「日下仙十郎、何者だ」

久蔵は眉をひそめた。

「はい。高利貸しの徳兵衛の妾、おきちに愛想尽かしをされた前の亭主です」

和馬は告げた。

「妾のおきちに愛想尽かしされた前の亭主……」

「はい。日下仙十郎は、女房のおきちを金ずくで寝取ったと、徳兵衛を恨んでいたそうです……」

「成る程……」

久蔵は苦笑した。

「秋山さま……」

「うむ。高利貸しの徳兵衛と妾殺し。殺した奴は、徳兵衛の拘りじゃあなく、妾のおきちの拘りだったか……」

久蔵は、徳兵衛が高利貸しと云う仕事柄、それに絡んでの殺しだと安易に睨んだ己を嘲笑い、恥じた。

「おそらく……」

和馬は頷いた。

「よし。ならば和馬、明日から柳橋と、浪人の日下仙十郎を捜してくれ」

久蔵は命じた。

「心得ました。で、きぬの一膳飯屋丼屋の閉じ籠りですが……」

「うん、そいつなんだが、狂言だったぜ」

久蔵は笑った。

「狂言……」

和馬は眉をひそめた。

「ああ。徳兵衛と妾のおきち殺しを探索し直して、伊左次の無実を突き止めて欲しい一心での狂言だ……」

久蔵は、幸吉たちの探索の結果を和馬に詳しく教えた。

「そうでしたか……」

和馬は、吐息混じりに頷いた。

「うむ……」

「それにしても秋山さま、許せないのは、北町奉行所の定町廻り同心の小倉金之助の好い加減な探索です」

和馬は、怒りを過ぎらせた。

「ああ。此のままじゃあ済ませねえよ……」

久蔵は笑った。


柳橋の船宿『笹舟』の奥の部屋は、行燈の淡い明かりに満ちていた。

きぬは、窓の傍に座り、大川を行く船の明かりを眺めていた。

襖《ふすま》が僅かに開き、幸吉とお糸の子の平次が覗いた。

「あら……」

きぬは、平次に気が付いて微笑んだ。

平次は、人懐っこく笑った。

「坊や、名前は何て云うの……」

きぬは尋ねた。

「平次、平ちゃんだよ」

「そう、平ちゃんなの……」

「うん……」

「平ちゃん、こっちにいらっしゃい……」

「うん……」

平次は、紙風船を持って部屋に入って来た。

「おばちゃん、遊ぼう……」

平次は、きぬに紙風船を突いた。

紙風船は、きぬに飛んだ。

きぬは、飛んで来た紙風船を打ち返した。

「よし。行くよ、おばちゃん……」

平次は、元気に紙風船を追った。

きぬの眼に涙が溢れた。

平次は、紙風船を打ち返した。

紙風船は、畳に落ちて転がった。

きぬは泣いていた。

「おばちゃん……」

平次は、怪訝に声を掛けた。

「あっ。御免なさい……」

きぬは涙を拭い、紙風船を突き上げた。

お糸が、襖の隙間から平次と遊ぶきぬを見ていた。


お糸は、居間に戻った。

幸吉が、長火鉢の前で手酌で酒を飲んでいた。

「どんな様子だい……」

「平次と遊んでいますよ。お前さん、おきぬさん、子供に逢いたいんじゃありませんか……」

お糸は眉をひそめた。

「子供……」

「ええ、いるんでしょう、子供……」

「そうか、子供か……」

幸吉は、室町の呉服屋を窺っていたきぬを思い出した。

大川に船の櫓の軋みが響いた。

四

和馬と幸吉たちは、殺された妾おきちの前の亭主日下仙十郎捜しを急いだ。

幸吉と清吉、勇次と新八、雲海坊と由松は、下谷、谷中、浅草、神田一帯の博奕打ちの貸元を訪ね歩いた。

浪人日下仙十郎の居場所は、容易に突き止められなかった。

幸吉と清吉は、浅草花川戸町の博奕打ちの貸元源六《げんろく》の家を訪れた。

「浪人の日下仙十郎ですかい……」

貸元の源六は眉をひそめた。

「ああ。界隈の賭場に出入りしている筈なんだが、知らないかな……」

幸吉は訊いた。

「知っていますよ。以前はうちの賭場にも出入りしていたんですがね。博奕で儲けたお客から金を脅し取りましてね……」

「金を脅し取った……」

「ええ。それ以来、あっしの賭場には出入り禁止ですよ」

源六は吐き棄てた。

「日下仙十郎、そんな奴なのか……」

「ええ。女房にも愛想を尽かされて、棄てられたような奴ですからね」

源六は嘲笑った。

「そうか……」

日下仙十郎が女房のおきちに愛想尽かしをされたのは、皆が知っている話なのだ。

「ええ。みんなの笑い者でしてね。柳橋の親分、日下仙十郎、何かしたんですか

「……」

源六は、薄笑いを浮かべた。

「うん。ま、ちょいとな……」

幸吉は苦笑した。

日下仙十郎は、おきちに愛想尽かしをされた上に、笑い者にされたのを恨んで殺したのかもしれない。

幸吉は読んだ。

湯島天神門前町の盛り場に連なる飲み屋は、開店の仕度をしていた。

勇次と新八は、小さな飲み屋を訪れた。そして、店の掃除をしていた女将に博奕打ちの丈吉《じょうきち》がいるかどうか尋ねた。

博奕打ちの丈吉は、寝惚け眼で二階から店に降りて来た。

「やあ、暫くだな、丈吉……」

勇次は笑い掛けた。

「こいつは勇次の兄い。何か用ですかい……」

「うん。丈吉、日下仙十郎って浪人、知っているかな」

「ええ。下手な癖に博奕の好きな野郎ですが、そいつが何か……」

「今、何処にいるか知っているかな」

「さあ、二、三日前の夜、谷中の賭場にいましたぜ」

「谷中の賭場か……」

「ええ……」

「その時、何か変わった様子はありませんでしたか……」

新八は訊いた。

「変わった様子ねえ。そう云えば、珍しく金廻りが良かったな」

丈吉は思い出した。

「金廻りが良かった……」

新八は眉をひそめた。

「ああ……」

「兄貴……」

「うん。日下の野郎、行き掛けの駄賃って奴かな……」

「ええ。きっとそうですよ」

勇次と新八は、日下仙十郎が徳兵衛とおきちを殺した序《つい》でに金を盗んだと睨んだ。

「で、丈吉、日下の家が何処か知っているか」

「いいえ。知りたくもありませんよ。あんな奴の家なんか……」

丈吉は、侮《あなど》りを浮かべて笑った。


雲海坊と由松は、神田同朋町《どうぼうちょう》の場末にある葦簀張りの飲み屋を訪れた。

葦簀張りの飲み屋には、仕事に溢《あぶ》れた人足や博奕に負けた博奕打ちたちが屯《たむろ》して安酒を飲んでいた。

雲海坊と由松は、飲み屋の老亭主竹造《たけぞう》に酒を注文した。

竹造は、雲海坊と由松を一瞥して湯呑茶碗の安酒を差し出した。

雲海坊と由松は、安酒を啜った。

「珍しいな……」

竹造は、雲海坊と由松の素性を知っており、裏渡世の事にも詳しかった。

「ああ。父っつあん、日下仙十郎って博奕好きの浪人、知っているかい」

由松は訊いた。

「ああ……」

竹造は頷いた。

「何処にいる……」

「捜しているのかい……」

「うん……」

雲海坊は、竹造に素早く小粒を握らせた。

「確か、今は中御徒町《なかおかちまち》の近藤新兵衛《こんどうしんべえ》って御家人の組屋敷に転がり込んでいる筈だぜ」

竹造は、雲海坊に渡された小粒を握り締めて囁いた。

「中御徒町の近藤新兵衛か……」

雲海坊と由松は顔を見合わせた。

「ああ。日下仙十郎、此処の処、金廻りが良さそうだが、何かしたのか……」

竹造は苦笑した。

「まあな……」

由松は、湯呑茶碗の安酒を飲み干して葦簀張りの飲み屋を出た。

「父っつあん、助かったぜ……」

雲海坊は続いた。

下谷中御徒町の通りには、赤ん坊の泣き声が響いていた。

雲海坊と由松は、聞き込みを終えて近藤新兵衛の組屋敷の前で落ち合った。

「どうだ……」

「近藤新兵衛、かなりの博奕好きだとか……」

由松は、近藤の組屋敷を眺めた。

「じゃあ、日下仙十郎とは賭場で知り合ったのかもしれないな」

雲海坊は読んだ。

「ええ。で、浪人が出入りしているのは間違いないようですぜ」

「ああ。聞いた人相風体から見て、おそらく日下仙十郎だろう」

雲海坊は頷いた。

「じゃあ……」

「うん。俺が親分に報せる。由松は此処を見張ってくれ」

「承知……」

由松は頷いた。

雲海坊は、由松を残して走った。

夕暮れ時が近付いた。

和馬と幸吉は、雲海坊、由松、勇次、新八、清吉を近藤屋敷の周囲に配置した。

おそらく日下仙十郎は、今夜も賭場に行く筈だ。

そこをお縄にする……。

和馬と幸吉は、日下仙十郎が近藤屋敷から出て来るのを待った。

東叡山寛永寺の鐘が暮れ六つ（午後六時頃）を報せた。

近藤の組屋敷の木戸門が開き、着流しの侍と袴姿の侍が出て来た。

浪人の日下仙十郎と御家人の近藤新兵衛だ。

和馬と幸吉は見定めた。

日下と近藤は、中御徒町の通りを北に向かった。

和馬と幸吉、雲海坊、由松、勇次、新八、清吉は、日下と近藤を追って一斉に動いた。

日下と近藤は、忍川《しのぶがわ》に架かっている小橋を渡り、下谷広小路に進んだ。そして、仁王門前町《におうもんぜんちょう》の前の通りを不忍池沿いに進んだ。

此のまま行けば谷中だ……。

和馬は読んだ。

「柳橋の……」

「ええ。谷中の賭場に行くんでしょう」

幸吉は睨んでいた。

「よし、谷中に入る前、不忍池の畔でお縄にするぜ」

和馬は決めた。

「はい……」

幸吉は、離れた処を行く勇次と清吉に目配せをした。

勇次は頷き、清吉と共に姿を消した。

薄暗くなった不忍池の畔に人影は減った。

日下と近藤は、不忍池の畔を進んだ。

「日下の旦那、日下仙十郎の旦那じゃありませんか……」

背後から日下を呼ぶ声がした。

着流しの日下仙十郎は、立ち止まって振り返った。

幸吉が、背後からやって来た。

日下は、怪訝な面持ちで幸吉を見詰めた。

「日下仙十郎の旦那ですね……」

幸吉は、日下に笑い掛けた。

「そうだが、お前は……」

日下は眉をひそめた。

「柳橋の幸吉って者だぜ」

幸吉は十手を構えた。

雲海坊、由松、勇次、新八、清吉が現れて日下と近藤を取り囲んだ。

「な、何だ……」

近藤は驚いた。

「日下仙十郎……」

和馬が現れた。

「おきちと高利貸しの徳兵衛を殺したのは、お前だな……」

和馬は告げた。

「お、おのれ……」

日下は、刀の柄《つか》を握り締めた。

和馬、幸吉、雲海坊、由松、勇次、新八、清吉は、それぞれの得物《えもの》を手にして日下に迫った。

「お、俺は知らぬ。俺は拘りない……」

近藤は後退りした。

どうやら、近藤は日下の凶行を知らなかったようだ。

和馬は苦笑し、頷いた。

取り囲んでいた由松と勇次は、間隔を開けた。

近藤は、由松と勇次の間を抜け、袴の裾を捲って身を翻した。

「近藤……」

日下は狼狽えた。

「所詮は博奕仲間。義理も人情もないな」

和馬は冷笑した。

「ああ、俺だ。俺が侮り蔑《さげす》んだおきちを殺した。徳兵衛と乳繰り合って鼾《いびき》を掻《か》いて寝ていたおきちを刺し殺し、序でに徳兵衛も殺してやったんだ」

日下は開き直り、猛然と刀を振り廻した。

新八と清吉が目潰しを投げた。

日下は、白い粉に眼を潰された。

幸吉が捕り縄を投げ、日下の腕を絡めて引いた。

日下はよろめいた。

雲海坊が、錫杖で日下の刀を叩き落した。

刀は地面に落ち、軽い音を鳴らした。

日下は狼狽えた。

由松と勇次が日下に飛び掛かり、容赦なく殴り倒して蹴り飛ばした。

日下は、頭を抱えて悲鳴を上げた。

新八と清吉が、倒れている日下を押さえ付けて捕り縄を打った。

捕物は一瞬で終わり、不忍池に夜の帳《とばり》が下りた。


高利貸しの徳兵衛と妾のおきち殺しは、浪人の日下仙十郎の犯行だった。

久蔵は、北町奉行所吟味方与力坂上兵庫を訪れた。

「な、何ですと、徳兵衛と妾を殺したのは日下仙十郎なる浪人ですと……」

坂上は、久蔵に知らされて驚いた。

「左様。日下仙十郎が自白しましてな……」

久蔵は、浪人の日下仙十郎が妾のおきちを恨みの果てに殺し、序でに高利貸しの徳兵衛も殺して金を奪った事実を告げた。

「そ、そんな……」

坂上は言葉を失った。

「それ故、錺職の伊左次は捕違いの無実、一刻も早く放免するのですな」

「心得申した。して、秋山どの……」

坂上は、久蔵に縋る眼差しを向けた。

「坂上どの、我ら南町奉行所としては、捕違いを騒ぎ立てるつもりはない。その代わり、北町奉行所も伊左次の女房きぬの閉じ籠りの一切を忘れて戴きたい」

久蔵は、坂上を見据えた。

「し、承知致した」

坂上は頷いた。

「それから坂上どの、定町廻り同心の小倉金之助と久六なる岡っ引、好い加減な探索をし、お店から地廻り顔負けの見ケ〆料を取っていると聞く。早々に始末をされるのですな」

久蔵は苦笑した。

おきぬは、和馬と幸吉に付き添われて室町三丁目にある呉服屋『高砂屋』にやって来た。

「神崎さま、親分さん……」

おきぬは、和馬と幸吉に戸惑った視線を向けた。

「おきぬ、お前が産婆を通じて、子供を欲しがっている高砂屋の旦那とお内儀に一人息子の新太を渡したのは、柳橋の親分が調べたよ」

和馬は告げた。

「親分さん……」

「おきぬさんは、伊左次を助けたい一心で閉じ籠りの狂言を打った。だけど、狂言でも世間を騒がせた罪の咎人になるのは間違いない。新太の行く末を考えれば、子供を欲しがっている高砂屋に渡すのが一番。そう思ったんだろう」

幸吉は、おきぬの気持ちを読んだ。

「はい……」

おきぬは、哀しげに項垂れた。

「おきぬ。高砂屋の旦那とお内儀には、俺と柳橋の親分が事情を詳しく話した。後はお前が行き、正直な思いを告げて詫びるのだな」

「そうすれば、高砂屋の旦那とお内儀さんはきっと分ってくれる……」

「神崎さま。親分さん……」

「さあ、行きな。新太が待っているぜ……」

「新太が……」

「ああ……」

和馬と幸吉は、おきぬの背を押した。

「はい。ありがとうございました」

おきぬは、和馬と幸吉に深々と頭を下げて呉服屋『高砂屋』に向かった。

和馬と幸吉は見送った。

「そうか、高砂屋の主夫婦、おきぬの気持ち、分ってくれたか……」

久蔵は笑った。

「はい……」

和馬は頷いた。